华野 著

陕西新华出版传媒集团
太白文艺出版社

图书在版编目（CIP）数据

岁月留痕 / 华野著. -- 西安：太白文艺出版社，2020.1(2022.1重印)

ISBN 978-7-5513-1752-8

Ⅰ. ①岁… Ⅱ. ①华… Ⅲ. ①散文集－中国－当代 Ⅳ. ①I267

中国版本图书馆CIP数据核字(2019)第264767号

岁月留痕
SUIYUE LIUHUN

作　　者	华　野
责任编辑	刘　涛　刘　雨
封面设计	李渊博
版式设计	李渊博　侯梅梅
出版发行	陕西新华出版传媒集团 太白文艺出版社
经　　销	新华书店
印　　刷	三河市华东印刷有限公司
开　　本	787mm×1092mm　1/16
字　　数	198千字
印　　张	14.25
版　　次	2020年1月第1版
印　　次	2022年1月第3次印刷
书　　号	ISBN 978-7-5513-1752-8
定　　价	48.00元

版权所有　翻印必究

如有印装质量问题，可寄出版社印制部调换

联系电话：029-81206800

出版社地址：西安市曲江新区登高路1388号（邮编：710061）

营销中心电话：029-87277748

歲月留痕

己亥夏華野書

奋斗人生的真实投影
——序华野散文集《岁月留痕》

厚夫

清华大学中文系博士生华野同志的散文集《岁月留痕》要出版了，邀我写个序。我多次婉言相谢，但均不得推脱。我的理由是："清华大学的庙太大，能人太多，高僧大牛多的是，找他们写序也许更为合适。"这句话出于我的真心。事实上，这些年我们经常能看到清华大学的"扫地僧""做饭僧""门卫僧"等因刻苦读书、发奋努力而考中硕士、博士的新闻。这也从一个侧面印证了古人所言"近朱者赤"的道理。中国只有一个清华，清华可就是国人心目中的灯塔啊！

我与这位原名叫卢晓霞的华野同志只见过一次面。2015年11月29日晚，我应邀到清华大学"时代论坛"做了一场"路遥与《平凡的世界》"的讲座。"时代论坛"是清华大学学生会旗下的一个学术组织，自2003年创办以来，先后邀请国内外各领域的著名学者、社会贤达等来清华做过二三百场讲座。我这样一个处于边缘地带的小人物能够受邀，自然是受宠若惊。那天，我从南京赶了过去，报告会的气氛着实令人感动。一个能容纳三百来人的阶梯大教室里座无虚席，甚至过

道与讲台下面也挤满了听众。在讲座的过程中，我出于对清华以及听众的尊重，一直站着讲了整整两个小时，又与听众互动了半个多小时。随后，"时代论坛"的组织者们给我赠送了鲜花与讲座纪念牌。此时，活动方告结束。但是，仍有二三十位听众意犹未尽，继续留下来与我交流，其中就有这位卢晓霞同志。我知道，他们既然能留下来，说明他们也是路遥的忠实读者。那天晚上的聊天既轻松也开心，我们谈了许多问题。直到晚上10点半，"时代论坛"的组织者告诉他们我还没有吃晚饭时，大家才有些恋恋不舍地散场。在交流的同时，我们互加了微信，成为日后通过微信建立联系的"微友"。那天晚上，卢晓霞同志自报家门，说他是清华大学中文系解志熙教授门下的博士生，硕士论文做的是路遥研究，博士论文也想选做路遥研究。我自然是对他一番鼓励。这些年来，国内外从事路遥研究的相关学者，以及有志于从事此项研究的硕士、博士生们，大都与我有过这样的交往。我还注意到卢晓霞是一个十分女性化的名字。男人名字女性化的情况在我国北方很罕见，但在南方地区却较为普遍。这显然是地域文化的差异造成的，兴许是南方人希望自己的儿子多一些温柔之气吧。不管怎样说，那天晚上我可是记住了这位名叫卢晓霞的清华大学中文系男博士生。后来，联络我的小赵同学说，他们"时代论坛"是通过投票的方式决定邀请我去做讲座的，这个细节着实令我感动。那天晚上，北京的雾霾很严重，空气里弥漫着呛人的气味，但是我的心情却格外好。

行文至此，我就先说说这位卢晓霞同志吧。他的性格似乎与他的名字不相匹配，他似乎在骨子里就继承了湖南人天生的执拗性格，不断地辗转在人生奋斗的道路上。他生于湖南农家，大学毕业后被分配到基层乡镇工作，后考入广西师大中文系读硕士；硕士毕业后进入桂林医学院工作多年，2015年又考入清华大学，攻读中国现当代文学专业博士学位。查其简历，我发现一个极其有意味的现象：他人生奋进的动力是源于他的文学情结。读高中时，他疯狂作诗；读大学时，他痴迷散文；读硕士生时，他热衷于文学评论。他在考研考博的道路上也是屡败屡战，几经努力才爬上清华大学的学术高峰。我曾有一个基本判断：喜欢文学的人一定是有理想有追求的人；有理想有追求的人，绝大多数都喜欢文学。我认为，文学情结是卢晓霞人生的基本色，正因为有这样的基本色铺底，他奋进的道路才色彩斑斓。

再观他的散文集《岁月留痕》。其散文分为"岁月留痕""史迹咏怀""家乡风物"三辑，行文多以人生经历、史迹咏怀、乡土风物的方式展开，而这些方式均与他的人生轨迹高度吻合。因而从某种意义上来讲，这本散文集就是他奋斗人生的真实投影。说是投影，是因为其散文有咀嚼，有思考，有过滤，是把触发情思的往事和史迹记录下来，而不是人生的全部过程。当然，既是投影，就是一个侧影，要认识卢晓霞这个人，还必须结合其富有理性的文学评论论文，这样才是丰富与全面的。生活在香港的国学大师饶宗颐先生曾言："一切学问皆根植于文学。"（见《饶宗颐二十世纪学术文集》"小引"，台北新文丰出版股份有限公司2003年版，第1页）我想，卢晓霞同志拥有清华大学这样优质的学术平台，再加上其不断奋斗的拼搏精神做充沛的动力，他未来的人生一定会硕果满枝头，笑意迎宾客的！我期盼这一天早日到来！

2017年8月22日于延安大学一步斋

（作者简介：厚夫，本名梁向阳，陕西省作家协会副主席、延安市作家协会主席、延安大学文学院院长、教授。）

目录

岁月留痕

我的大学梦	—003
我拿青春赌明天	—006
琐忆	—009
父亲的信	—012
心语	—015
第一次贩书	—018
花又开时	—020
那一片难忘的红叶	—023
金色的秋阳	—026
教师节的感动	—031
夕阳山外山	—034
在桂林的最后一个秋天	—037
告别桂林	—041
桂林,我生活过的城市	—043
回忆与李江教授相处的日子	—046
记陈新华博士	—055
清华园的秋天	—062
我的老师宋景堂博士	—066

史迹咏怀

西仓坡	—075
寻访西南联大旧址	—078
参观广州起义烈士陵园	—082
广州近代史博物馆	—086
参观黄花岗七十二烈士墓	—089
毛主席纪念堂	—092
参观毛主席故居	—095
韶山毛氏宗祠	—100
参观彭德怀故居	—103
彭德怀纪念馆	—107
参观八路军驻桂林办事处旧址	—111
右江工农民主政府旧址	—116
参观百色起义纪念馆	—120
靖西烈士陵园	—124
巍巍昆仑关	—128
冯子才故居	—133
刘永福旧居	—136

家乡风物

乡村的黄昏	—143
风景这季独好	—145
故乡情	—147

登玉池山	—149
冬天的雪	—152
乘火车真好	—154
我的外公	—156
树爹	—161
站在故乡的老屋前	—167
永远不能忘记的事情	—172
照泥鳅	—177
挖泥鳅	—181
捉鳝鱼	—184
家乡的元宵灯节	—189
家乡的豆子茶	—192
家乡的老戏	—196
耍龙	—201
送恭喜	—205

跋 —210

后记 —213

岁月留痕

我的大学梦

两年前的7月，我高考落榜了。依稀记得那个时候，天是阴沉沉的，雨是灰蒙蒙的，日子是湿漉漉的。我陷入极度的悲观失望中。

拿到成绩单时，我觉得眼冒金星。天空中那轮明晃晃、白亮亮的太阳在我眼中一瞬间变成了黑色。真是黑色的7月呢。我认识到问题的严重性，考不上大学就意味着跳不出农门，就意味着要回家种地，跟父亲一样当一辈子农民。但是，跳出农门是那么容易吗？人们形容高考是千军万马过独木桥呢！而结果总是大部分人被挤下去，只有少数幸运儿能过桥深造。所以，每年7月放榜的日子，总是几家欢乐几家愁。而我就是在高考的独木桥上被挤下来的不幸者之一。

那天干什么我都没有心思，也不知道自己是怎么回家的。只记得在县城的街道上乱逛一气，然后去新华书店买了几本书，就无精打采、精神沮丧地坐班车回家了。回家后，我双手颤抖着把高考成绩单递给了父母。然后，伤心的泪水从我的脸上"唰唰唰"地流了下来。这次高考没有发挥出自己的正常水平，我感到莫大的遗憾。但父亲的情绪似乎很镇定，他对儿子生活上的照顾和精神上的鼓励又闪现在脑海里。他觉得孩子高考的失败其实并不显得那么可怕，它似乎蕴藏着对于将来的不可估量的价值。过了一会儿，父亲终于说话了："有考上大学的，

也有考不上大学的,这是正常现象。早就应该有一颗红心,两手准备。"母亲也插话了:"我早就说过大学难考,人家复读几年才考个师专呢。我看还是复读一年吧!"母亲亲切地安慰我。父亲接过母亲的话说:"孩子,你如果还想读书的话,我和你妈让你再读一年吧!失败了再来,从来就没有常胜将军。只要不放弃自己的理想,努力奋斗,就一定会有成功的一天。"我含泪点了点头,下决心为闯进高等学校而努力。

9月,怀着落榜的遗憾,我背着行囊来到一所补习学校,开始了艰难的复读生涯。一息尚存犹苦斗,不遗点憾在人间。那些日子,我变得沉默寡言,只是不顾一切地拼命读书。除了课堂上认真听讲外,我把空闲的时间也都用在学习上。中午很少睡午觉,晚上常常是别人进入了梦乡,我还在打着电筒看书。星期天很少出过校门,整天待在教室里做数学题。除了吃饭、睡觉之外便是学习学习再学习。我知道自己简直成了拼命三郎,但我对此毫无怨言。为了自己的前途,为了父母的期望,这种苦又算得上什么呢?我就这样没日没夜地苦读着,可是期中考试,我又一次失败了。这是继高考之后我遭受的又一次沉重的打击!我茫然不知所措,如同跌进了万丈深渊。我只觉得所有的努力都白费了,大学梦离我越来越遥远了。那个时候正是落叶纷飞的秋天,看着窗外萧瑟的秋景,我心中不由得萌生出一种无限伤感的情绪来。秋风秋雨愁煞人哪!好多次,我独自来到汨罗江边,望着奔腾的江水出神。"水天空阔,恨东风,不惜世间英物。"我反复地吟哦着这句英雄末路的悲歌,不止一次地问自己:天啊!这就是命运吗?这样的成绩怎么能考得上大学?……我忽然不想读书了,想去打工。然而回到家,话还没说出口,就被父亲坚决的态度顶了回去。父亲气愤地说:"好,你不想读了,就跟我在家干活。不过,能读书而又不读书才是人生最大的遗憾。"读书、打工、干活,我到底应该选择哪样?那时那刻,我是多么痛苦和忧伤!可一旦要我放弃学业,我又是多么不情愿。我那遥远又真切的大学梦啊!我只好拿起书本,又回到了学校。

好在天无绝人之路。著名心理学家金明凯的复习方法给了我很大的启发和触动，我决心结合自己的学习方法试一试，成绩果然上升很快。这时，父亲又来信鼓励我，要我总结经验、吸取教训，争取期末考出好成绩。我又一次被他那动情的话语感动得热泪盈眶。已经考上大学的几个同学也来信安慰我。在最困难的时候，得到同学们的关怀和问候，我内心有一种说不出的温暖和感动。渐渐地，我恢复了以往的斗志，对未来又充满了信心，期末考试也取得了较好的成绩。又经过半年的努力拼搏，我终于考上了大学，圆了渴望已久的大学梦。经过一年艰苦生活的磨砺，我变得坚强和成熟起来。进入大学后，我没有停步，因为我还要考研究生！

现在，回首复读的往事，我才觉得，不幸和苦难也是人生难得的一笔财富。正是这种艰苦的生活，铸就了我刚毅的性格和不屈不挠的精神，促使我不停地向上攀登。我深信，在学业与事业的开拓中，将会有更加美好的明天。

我拿青春赌明天

每当夜深人静的时候,我总爱怀旧,总是不由自主地想起那段喜忧参半的高中生活,更忘不了我当初那个幼稚的文学梦和曾经虚度过的那一段青春岁月。

高二那年,我刚好十八岁。十八岁,如诗如画的年龄,也正是在那个时候,我迷上了诗,爱上了文学。文学梦的最初发端是从读诗开始的。诗歌以短小精悍、极富韵律节奏的独特魅力感染了我,使得我爱不释手。无论是中国的诗歌还是外国的诗歌,无论是古典诗词还是现代诗歌,我都爱读。从《诗经》《楚辞》到唐诗宋词,从秋瑾的诗文到毛主席的诗词,从公刘到汪国真,从雪莱到普希金,从拜伦到惠特曼,这些名人名作我都拜读过。每当读完之后便思绪如潮,感慨万千,自己也禁不住提笔写了起来。谁知这一写便一发不可收。我写诗歌写散文,写父母写亲情写家乡,每天笔耕不辍。每次写完之后,我便拿给同学们看。同学们都很赞赏,很佩服,夸我是当作家的料,有的还劝我投稿。于是,在一片赞扬声中,我飘飘然做起了作家梦,全然不知自己是在拿青春赌明天。我用吃饭的钱买来邮票、信封和稿纸,然后把通过苦思冥想才写出来的文字寄给各地的报社、杂志社。不少稿子被退了回来,更多的稿子杳无音信。我知道我的初次尝试失败了,但是我没有灰心。失败算什么!只有经历过千百次的失败才能成为伟大的作家，贾平凹刚练习写作时不也收到过数百封退稿信吗？于是，我仍然锲而不舍地坚持写诗。终于，有两首诗在《校园诗歌散文报》上发表了！我当时真是欣喜若狂，连忙一个字一个字地欣赏着自己的处女作，像农民伯伯那样沉浸在丰收的喜悦里。自己执着的追求，毕竟有了收获呀！于是，我又用稿费买来信封和邮票，继续写作。

  一个人的精力是有限的，我忙于搞文学创作而忽视了学业，结果学习成绩一落千丈。班主任薛老师觉察到了我的变化。一天晚上，他把我叫到办公室，很严肃地对我说："鱼与熊掌不可得兼。你现在不是搞创作的时候。你应该先把成绩赶上来。等你考上大学以后，再写文章也不迟。"可我那颗近乎疯狂的心，怎么冷静得下来呢？我耳朵里听着，心里却想，班主任的话还是有道理的，可考大学还是件很遥远的事情呢，我不能因为考大学而放弃我的文学梦。于是，我又一次拿青春做赌注，对班主任的话置若罔闻，依然我行我素，沉浸在自己编织的五彩缤纷的文学梦里。

  高二上学期期末考试的成绩寄到家里时，父亲看了很气愤，马上盘问我干什么去了。当他得知我是因为搞文学创作而耽误了学业时，便把我狠狠地打了一顿，然后说："这么大的人了，还不懂事！你知道考不上大学意味着什么吗？写文章能当饭吃吗？快点给我把成绩搞上去……"这以后，我的文学创作终于有所收敛，学习成绩也有了起色，但终因功课落得太多，茫然间只得弃理从文。

  高三了，我的创作热情还未降温。虽然发表了一些文章，但学习成绩时起时伏令我很苦恼。毕竟，我不能辜负父母亲友的期望啊！我开始在学习上发奋努力。我的学习成绩稳中有升，有几次考试都名列前茅，但终因基础不牢，高考落榜了。我含泪把所有的文稿和获奖证书都付之一炬，下决心痛改前非，复读一年，全心全意为考上大学而努力。我终于彻底地放弃了那个幼稚的文学梦，开始全力以赴地读书了。又经过一年的奋力拼搏，我终于考上了大学。

　　往事不堪回首。多年以后,我才明白,当初那个幼稚的文学梦使我付出了惨重的代价。我常常为自己虚度年华而感到后悔。前事不忘后事之师,或许有鉴于此吧,上大学后,我仍坚持以学业为重,刻苦努力,争取考上研究生。"人无两度再少年""莫待无花空折枝"。毕竟,我不能再去拿青春赌明天啊!

琐忆

"晓霞，你的信。"同桌把信递了过来。蓦地，一种熟悉的字体映入了我的眼帘。啊，是父亲！父亲写给我的信！我的心跳仿佛加快了节奏，脑海里又浮现出父亲的关切、母亲的慈祥、家庭的温暖……

那年7月我参加高考。9月，接到录取通知书时，父亲比我更高兴。他心里充满了喜悦，脸上露出了笑容。把孩子培养成材，是他最大的愿望。现在，孩子考上了大学，他能不高兴吗？短暂的喜悦过后，却是许多实实在在的事情。我们的家境并不富裕，为筹集学费和生活费，父亲四处奔波。到开学时，终于把钱凑齐了，父亲便思量着给我买点衣服。他对母亲说："孩子考上了大学，不能再让他穿得破破烂烂的。否则，怎么像个大学生呢？"那天父亲起了个大早，亲自带我来到镇上的一家商店，给我买衣服和添置日常用品。父亲顺手拿过一套西装让我试穿。等我穿上以后，他替我把纽扣一粒一粒地扣好，把衣服轻轻地摸了一遍，然后把我领到穿衣镜前，看看尺寸大小是否合适。那时候商店里的人很多，不少顾客都用赞叹的眼光看着我。那神情仿佛在说："那是一个大学生，多好的孩子啊！"

上大学后，我很少回家，有空时偶尔也回去一两次。每次到家时，父亲和母

亲总是很关心我。他们问我生活过得怎么样,环境习惯不习惯,身体好不好等。然后,父亲便出去买菜,母亲忙着做饭。可爱的小妹妹也忙着帮母亲提水。总之,我一到家,我们全家都沸腾了。吃饭时,父亲叫我吃菜,母亲也叫我吃菜。妹妹甚至动起手来,把最好的菜往我碗里夹。我觉得好菜应该给父母吃,是他们为我们操劳了一辈子啊!我忙站起来对小妹说:"我又不是客人,我们都是一家人,好菜应该给爸妈吃。小妹,你说呢?"妹妹听了,懂事地点了点头。那天晚上,父亲不知为什么忙到很晚才睡。第二天一大早我醒来时,父亲却早已起床了。我的眼睛又一次湿润了!父亲在为我们的生活和成长而辛苦劳动着。两天过去了,我要离家返校了。父亲把二百块钱生活费递到我手中,对我说:"算计着用吧!不要大手大脚,也不能太吝惜。"一向细心的我突然发现,父亲的手里似乎缺少点什么。噢!烟呢?父亲一向是爱抽烟的啊!难道……我便问:"爸,你怎么不抽烟啦?"父亲顿了顿,好半天才淡淡地说:"戒了。"望着手中的一叠钞票,我似乎明白了什么。

然而,最使我感动的,还是父亲的信。到现在为止,父亲一共给我写过三封信。父亲的信写得很深刻很特别。我这个血气方刚的青年学子,每次都被他那朴实而生动的话语感动得热泪盈眶。记得去年学业上遇到挫折时,父亲便来信安慰我,要我分析失误的原因,制订好新的学习计划,总结经验,吸取教训,千万不要丧失信心,争取期末考好。我现在还记得父亲当时写的那一段很感人的话:"孩子,不要胡思乱想,学习的机会是有限的。这段时期是你人生中的黄金阶段,它关系到你的一生。在未来的日子里读我给你的来信,你就会觉得这是你人生道路上的一块里程碑。遇到挫折的时候,要看到自己的成绩,因为这里面蕴藏着成功的希望。"我当时便流下了眼泪。是啊!我有什么理由放弃自己的理想,有什么理由不努力呢?我不但属于自己,我更属于爱我的人。我不能辜负父亲的期望啊!我终于鼓起勇气继续读书了。父亲的信是我最珍贵的精神财富。每当我在生活上放纵、学习上放松时，每当我遇到困难而消沉、遇到挫折而退却时，我便会想起父亲的来信，想起父亲对我的谆谆教诲和殷切期望，也就规范了自己的生活方式，端正了自己的学习态度，增添了克服困难的勇气和力量。

看罢信，我的眼睛湿润了。朦胧中，父亲那熟悉的身影变得越来越高大……

父亲的信

　　朋友，什么时候你会感动得热泪盈眶呢？也许是在困境中，别人给你帮助给你鼓励时；也许是在田径场上，有人为你呐喊为你助威时；也许是在病床上，感受到老师和同学们无微不至的关怀时。然而，最使我感动的，还是父亲的信。

　　至今，父亲共给我写过三封信。第一封信是他在我读高三第二学期的时候写的，那时距高考还有四个月。由于我的基础不扎实，成绩总是时起时伏的，回家向父亲汇报学习情况时便流露出信心不足的情绪。岂知说者无心，听者有意，父亲悄悄地记下了这一点。他有点为我担心，怕我有松懈的思想。于是，他提笔给我写了第一封信。收到信时我感到很意外。要知道在这以前，父亲从未给我写过信啊！有什么要紧的事呢？我当时挺纳闷的，连忙迫不及待地看了起来。刚看了几行字，我的泪水就禁不住涌了出来，滴在信纸上"啪啪"作响。也许是心灵感应吧！我总觉得父亲的话语触动了我灵魂深处的某种东西，从而产生了共鸣。父亲总结了我高中以来学习上的经验教训，批评了我高二时因搞文学创作而耽误了学业，肯定了我高三以来付出的努力和取得的成绩，要我坚定必胜的信念。他说："孩子，你学业上成功的希望就如站在海岸遥望海中看得见桅杆尖头了的一艘航船……在未来的日子里读我给你的来信，你就会觉得这是你人生道路上的一块里程碑。谁没有青年（时期）？谁没有壮年（时期）？谁没有老年（时期）？二十五岁以前是一个人最应该有作为的阶段，正如早晨八九点钟的太阳。来信希望孩儿发狠读书，一鼓作气考上大学。"父亲的信引起了我很大的震动，扶起了我那根即将倾倒的精神支柱，给我增添了一股无形的力量。两个月后的模拟考试，我一举夺魁。模拟考试过后，父亲到学校来看我，见我考得好，他很高兴。他说："再努把力吧！争取考上。"我说："您放心吧！我会继续努力的。"过了一会儿，父亲又说："读书要发狠，也要注意身体，做到劳逸结合。"我默默地点了点头。遗憾的是，由于骄傲轻敌，那年高考我落榜了。

复读那年，在我因期中考试失利而茫然无措时，收到了父亲写的第二封信。我那时处境艰难，情绪极坏，甚至要放弃自己的追求，不想读书了。父亲在信中要我分析失误的原因，制订新的学习方法，千万不要丧失信心，争取期末考好。我又一次感动得热泪盈眶。人生能有几回搏？我有什么理由放弃呢？父亲的信给了我极大的鼓舞。渐渐地，我又恢复了以往的斗志，对前途充满了信心。期末考试，我也取得了较好的成绩，最终在第二年考上了大学。

本以为考上大学后，父亲不会再管我了，没想到走进象牙塔刚两个月，父亲便给我寄来了一封信。父亲在信中说，考上大学是一件很光荣的事，但也不要停滞不前，要锻炼好身体，搞好专业学习，全面发展，争取深造。他在信中写道："人活着就要有所作为，有所抱负，有所创造；要向历代名人、作家、科学家看齐，有计划有步骤地实现自己的梦想……"我的眼睛湿润了，我知道父亲在用他的爱心为儿子的未来描绘出一幅壮丽的蓝图。

父亲的信是我一生当中最宝贵的精神财富。多少年来，我不敢在夕阳的余晖中追寻逝去的文学梦，我怕因此耽误了学业而辜负父亲在信中对我的谆谆教诲和殷切期望；我只好把相思的种子埋在情感的最底层，我怕有一天翘盼的睫梢会结满相思果；那句"发狠读书"始终伴我远行，我唯有以此来表达我对父亲无限的

思念和深深的敬意。

　　透过泪雾,我仿佛又看见父亲那一封封平平常常的信。可是,朋友,你知道吗?在那些普通的信里,凝聚着多少父亲的爱啊!

心语

> 许久以来，我的内心就有一股创作的冲动。我是多想写点东西来反映我的学习生活，写我的奋斗、我的追求、我的梦想！
>
> ——题记

三年前的那个夏天，我高考落榜了。从来不知失败为何物的我怎能承受如此重大的打击？那两个月，我的眼泪哭干了。我的心中只有一个信念：一定要出这口气！然而命运却再次捉弄了我。复读一年后，我还是只上了专科线。我不服输，我对自己说："失败了再来！大学考不到北京，研究生一定要考到北京！"

实现这句话是要付出代价的。首先，摆在我面前的是十门本科课程，其次是外语。在我就读的专科大学，还没有人能在毕业时拿到本科文凭，也没有哪个在校生外语过了六级。学业上的艰难可想而知，可我不怕，我硬着头皮一门一门地报，一门一门地考。自考是一场持久战，外语也是如此。刚开始时，我的积极性很高，觉得学业上有压力，日子过得充实。可考了两次后，我便感到有点力不从心了。为了应付考试，我没了星期天，也没了节假日，每天天不亮就悄悄地爬起来，跑到校园前的小山上去读外语。看书看累了，我就枕着双手，把头一偏，伏

在桌子上睡一会儿。醒来后，屋里的灯还亮着，窗外已是夜阑人静，繁星点点。那种艰辛，只有星星知道，月亮知道，低唱的秋虫知道！

每当深夜入睡的时候，还有一种莫名的孤独和寂寞袭来。这个时候，我多想找个人，尤其是女孩，说说话、谈谈心。衷肠事，诉何人？若有知音相伴，不辞遍唱阳春。问茫茫人海，谁愿伴我同行？

看着周围的同学玩得很自在很潇洒，我有时候也真想放弃。可是，我又怎么能背叛自己当初含着泪写下的誓言？我就这样坚持着。自考本科从三门增加到了五门、八门、十门，外语从三级考到四级再到六级，我像上梯子一样一级一级地往上爬。经过两年的努力拼搏，我终于在大三上学期通过了汉语言文学专业的本科课程考试，外语也考了六级。生命的地平线上终于迎来了黎明的曙光。

斗转星移，一晃两年就过去了。两年来，我一直忙忙碌碌，步履匆匆，每个学期几乎都在考试中度过。我失去了大学时代的七彩生活，我失去了年轻人看电影的悠闲、去踏青的浪漫、下舞池的潇洒、谈恋爱的温馨……我确实失去了许多许多，但我永远也不会后悔，因为我没有虚度这一季流金岁月，更没有违背我当初的誓言。

在这两年中，我不知道自己流过多少汗水，受过多少委屈，吃过多少苦头。同学们也许很少见过我忧愁的面容，然而生活却实实在在赋予了我一颗永远苦涩的莲心！曾经，学习条件的艰难使我怨天尤人，女友的绝交信使我欲哭无泪，别人的流言蜚语使我耳不忍闻，学业上的不顺利使我灰心丧气，家庭经济的拮据又一度要中断我的学业……可是，面对这一切的一切，我都义无反顾地实践着自己的誓言，不管付出多大的代价！

我不会低头，我原本就是一个农民的儿子。生活中和学业上那么多苦难我都熬过来了，我还怕什么呢？我唯一能做的就是奋斗！自考搞完了，六级考完了，学业却不能停步，因为，我还要考研究生。

为了壮丽的人生，为了当初泣血的誓言，为了那个玫瑰色的青春梦，我就这样永远不知疲倦，不嫌寂寞，要用更大的代价，去书写一个真实的童话。我要永远赤忱地热爱生活，不苛求风的拥抱、云的亲吻、月光的摩挲。

　　前方，长路漫漫，我将义无反顾地一路前行。

第一次贩书

六级考试后,我实在累极了,于是打算休息几天。恰逢好友上次贩书还剩三十本没卖完,我闲着没事,也想到外面去闯一闯,体验一下生活,便毫不犹豫地把这项"光荣"的任务包揽下来。

一天上午,我把好友交给我的书用一个结实的牛仔袋背着,独自踏上了南下的列车。两小时后,我在家乡的县城下了车,然后来到一所高中。一进校门,我就有点忐忑不安,我真不知道该如何面对那种场合:在众目睽睽下叫着"卖书,卖书",万一碰上几个熟人就更麻烦了。我打起了退堂鼓,准备往回走,可转念一想:就这样提着几十斤笨重的东西返校吗?岂不是要被好友笑话?而且还赔了车费花了力气。唉!还是去试试吧!犹豫了几分钟,我终于克服了心理障碍,迈开大步朝校内走去。

走过教学楼时,我看了一下表,刚好11点半。好友早就告诉过我,在高中卖书一般要选择中午或者晚上,趁学生们吃饭的时候,在食堂通往寝室的必经之路上摆好书摊。现在,离下课只有半个小时了,我得赶快去找食堂和寝室。好在这所高中并不大,我一下子就找到了食堂,然后又看了看学生们的寝室。我找了一块位于食堂和寝室之间,路面比较干净、人数相对集中的地方,然后铺开编织袋,把书拿出来竖着摆好。摆完书后,我便在书摊前坐了下来,再看看表,焦急地等待着下课。

"丁零零,丁零零……"终于下课了。看到学生们争先恐后潮水般地拥向食堂,我便咳了几声,壮了壮胆,扯开嗓子叫道:"卖书哟!卖书哟!书便宜卖哟!所有的书都十块钱一本。便宜卖,便宜卖!同学们不要错过机会!"我真不知道怎么一下子来了那么大的勇气。以前我上台讲话都声音发颤,语无伦次呢!也许是我的嗓门特别大,几个学生一下子被吸引住了。他们看看我,又看看地摊上的书,便停下脚步,随手拿起一两本书翻看起来。我内心一阵窃喜,总算有人光顾了,于是又喊了几声。过了一会儿,到书摊上看书的人越来越多了,而且还有学生开始掏钱买书了。我便忙着收钱找钱,有时还得跟一些学生讨价还价。在这当儿,我不时地瞟一下那些蹲着或者站着看书的学生,生怕他们顺手牵羊把书带走。由于学生实在太多,又都不认识,我自己也缺乏社会经验,以致后来一些学生把书带走了付没付钱我都搞不清楚了。我当时只认准一条:收钱。看到手上的钞票一张张增多了,地摊上的书一本本减少了,我心里才感到踏实一些。

等学生们差不多都走光了,估计没人再来买书了,我便清点了一下:三十本书总共卖出二十一本,还剩九本。看来收获不小。二十一本书要净赚四十二块钱呢。想到这儿,我内心一阵狂喜。可清点钞票时却发现手头只有一百八十块钱,还差二十几块不对数。还有几本书哪里去了呢?我突然想起来了:有一本书找错了钱,还有两本可能被调皮的学生拿走了。这不能不算是一个小小的失误,我狠狠地捶了一下自己的脑袋,问自己:"怎么这么粗心?"过了一会儿,我又安慰自己:"也算是花钱买教训吧!毕竟,还有十八本书是赚了钱的。"

返校途中,我坐在列车上,怀揣着鼓鼓囊囊的钱包,望着窗外飞逝的景物,心情格外舒畅。这倒不仅仅是因为赚了钱,更重要的是锻炼了自己,为今后的事业打下一个良好的基础。

花又开时

  窗外,秋风阵阵,雁叫声声,校园里的桂树又开花了。我是读了你的信才去看桂花的。闻着沁人心脾的桂香,我仿佛找到了那段美丽而忧伤的情愫,纷飞的思绪又回到了从前。

  一年前的7月,我因十多分之差与大学失之交臂。落榜的痛苦是旁人永远无法体会的。那些日子,有的只是心酸的眼泪、燃烧的热望、泣血的悲鸣……两个月后,带着新的希望,我打点行装,踏上了复读之路。入学以后,我排除所有的杂念,全心全意地读书。我要用我的努力来证明自己还行。可是,命运偏偏捉弄人。在入学后不久的期中考试中,我竟然彻头彻尾地失败了。这对于我来说无疑是雪上加霜。我茫然不知所措,犹如跌进了万丈深渊,回天无力。再加上在感情方面也伤痕累累,因此,我几乎要绝望了。那一切的一切啊,让我丧失了所有信心,真的想放弃学业。我打算去打工,抑或是参军。这时候,已考上师大的你,闯进了我的生活。

  当你从你表弟(我的同桌)的信中获悉我的艰难处境时,你立即给我写了一封信。收到你的信时,我很意外,也很惊喜,同时又很感激。我想:谁说我就这样孤独无助呢?这个世界上到底还有人惦记着我呢!你劝我不要放弃自己的理想，从哪里跌倒了就从哪里爬起来，这才像个男子汉！你说："因为一次期中考试的失误就放弃自己的理想，这值得吗？高考落榜的痛苦你都忍受了，相比之下，期中考试失误又算什么呢？既然所有的努力都已付出，就要相信苍天终不负有心人。成功是必然的，问题只在于时间，而复读便是'天将降大任于是人'的前奏！过去的就永远成了过去，你现在所要做的，就是珍惜每一个今天，争取下一次考好。自古英雄多磨难。你是一个优秀的男孩子，我相信，你会成功的！请记住，错过了太阳，千万别再错过月亮！……"读了你的来信后，我真的好感动，觉得你真是太善解人意了。我想：只要有像你这样的女孩子的深切关照，即使前方的道路再艰难，我也不会走得太孤独。我觉得自己的心浮动起来了，有一种幸福的感觉。那份蕴藏在内心深处的真情，成了刻骨铭心的回忆。你的来信给了我极大的信心和勇气，在父亲的开导下，我改进了学习方法，摆脱了思想负担，又一心一意地读书了。

  令我想不到的是，接到你的信后两个星期，你竟然跑来看我了。那正是金风送爽、丹桂飘香的时节，你风尘仆仆地从省城赶来。见到你的时候，我感动得不知说什么才好。我只觉得，那一刻，我感情生活的空缺全被你填满了！那天晚上，我们坐在校园的一棵桂花树下倾心地交谈了很久。我向你诉说了我的痛苦和不幸，你说你很理解也很同情，同时还乐意帮助我。你说最重要的是安定情绪、增强信心，然后才是改进方法、刻苦努力；你相信我应该，也完全可以考个很好的大学。我曾埋怨上苍的不公，我曾伤叹命运的多舛，我曾感慨知音的难觅。可是，面对如此善解人意的你，我还有什么话可说呢？我只有拼命地点头。不过，你的到来扰乱了我宁静的生活。那些日子，挥之不去的都是你的形象。一段时期过后，我的心才慢慢地平静下来。为了学业，我只好把这段感情埋在心底。我怕辜负你，也怕辜负父老乡亲的期望。经过半年多的艰苦努力，我终于考上了大学，圆了渴望已久的大学梦。

上大学后,我给你写信告诉你我的情况并对你表示感谢,你马上给我回了信。你说很高兴得知我考上大学,对我说,要东山再起,要出类拔萃,还须继续努力。你还平静地告诉我,你已经有男朋友了。

我的心猛地一沉。我知道我们之间的一切似乎就此结束了,但我很快又恢复了常态。我想:这样善解人意的女孩子,谁会不青睐呢?于是我释然了,同时深深地祝福你。

一年一度秋风劲。窗外,桂花又开了。浓郁的桂香溢满了校园,满树都是你的名字。远方的人啊,你知道吗?你曾伴我度过了我学习生活中那一段最艰难的日子。也许我这一生不能与你携手相伴,但我永远感谢你和你的信。

那一片难忘的红叶

　　窗外,下着绵绵秋雨。屋内,我独自坐在书桌旁,望着满是水滴的玻璃窗出神。蓦地,秋风吹下一片红叶,打着旋儿飘到窗前。噢,红叶!它如一道闪电似的开启了我记忆的天幕。还记得吗?也是深秋时节,我和你在那遥远的小山坡上拾到的、共同珍藏的红叶!

　　我的思绪又回到了从前。那是一个深秋的黄昏,苍山如海,残阳如血。我和你来到了那个小山坡上。小山上,枫叶正红,映衬着斜阳,简直像一团火,煞是好看。你面对夕阳,轻声吟诵着"夕阳无限好,只是近黄昏"和"看万山红遍,层林尽染"等名句。我站在你身后,默默地注视着你飘逸的秀发,看你散发着青春气息的身姿如盛开在万绿丛中一株火红烂漫的山茶。我真不想离开你啊!一种复杂的思绪涌上了心头,我的心有些醉了。

　　你说:"林子里树叶正红呢,进去看看吧!"我便跟着你走进了枫林。秋风摘下一片又一片枫叶,把林子里的平地都铺满了。人踩上去软绵绵的,很舒服。走了一会儿,我没心思再走下去,便说:"坐会儿吧!我有点累。""就坐这儿吧!"你指着一棵大枫树下的一块青石板说。"多快啊!转眼又是一年。""还记得初来你们班时,我多么孤独。"你眨着美丽的眼睛,"可是自从认识了你,

我就不再孤独了。"我没说什么,只是静静地忆起那段与你相处的日子。那时,我们披着绿色在三月里踏青,同春天一起歌唱;那时,我们在初夏的微风中奔向大山雄厚的胸怀,尽情地挥洒青春的激情;那时,我们共撑一把雨伞,穿行在雨雾里;那时,我们一起做习题,谈文学谈理想谈人生……正如一首歌所唱的:"想起过去的岁月里,在这长久的海岸上,和你朝朝暮暮看日落又日升……"是啊!朝朝暮暮,暮暮朝朝,到如今方知离别的滋味。

一丝莫名的苦涩涌上了我的心头:从此就要天各一方了。"能再让我好好地看看你吗?"我说,"你真美。""噢,是吗?"你扬了扬眉,眼神里有些慌乱。"真的,我怎么会骗你呢?我舍不得让你走,我们成天在一起谈诗词歌赋、谈理想人生,该是多快活啊!"我无可奈何地拾起一片红叶。"我的心情跟你一样,可你在市重点高中,而我在乡镇普高,能在一起吗?"你美丽的大眼睛里流露出点点忧伤,点点早熟的忧伤。突然,你用手环抱住我的肩膀,有些语无伦次地说:"霞,你文武兼备。真的,你不知道你有多出色。我从来……从来没有想过自己会这么幸运。我真的好喜欢你……"我有点愕然了,一种说不出的不安和惊慌,像海水一样漫过我的心头。想不到你竟那么大胆和直率。那时那刻,我怀着一种怎样的感情,我自己也说不清。我困惑了:喜欢我?是友谊呢,还是爱情?我可从来没有往爱情那方面想啊!我挺直了背,用一种尽量镇定的口气说:"萍,萍,请不要这样。我们只有十六岁啊,我们都还年轻,怎么能懂爱情呢?再说,我们还有自己的学业。我只是你的一个朋友,一个真挚的朋友。而你,在我心中,也是一个娴静可爱的女孩。你我只是因为对于文学的共同爱好,才有缘走到一起的。只是这多梦的时节,无论是男孩还是女孩,都会产生那种复杂微妙的感情。"你可能觉得我的话太那个了,就说:"继续走走吧!不管怎么说,只要你不要忘了我就行。有空多来信。""怎么会呢?我一定经常给你写信。"你笑了,笑得那么甜。我握住了你的那双纤纤玉手,心灵的默契在一种无言的沉默中，悄悄升华了。

"莫道男儿心似铁。君不见，满川红叶，尽是离人眼中血。"林中，你拾起一片最红的枫叶，郑重地递给我，说："收下这片红叶吧。"我将红叶捧在掌心，说不出有一种怎样的感慨，竟然要掉泪。你说："男儿有泪不轻弹啊！离别难免，你见到这片红叶，不就如同见到我一样吗？""那么，你呢？我也送一片给你吧。"我捡起一片叶脉都红透了的枫叶，说："这个，给你吧！一定要好好珍藏哦！""多情自古伤离别，更那堪，冷落清秋节！"我把红叶珍藏在日记本中，尔后，就去县城读书了。

光阴似箭，日月如梭。整整五年过去了！高考过后，此时的你已经考入中国最繁华的城市上海的一所本科大学；而我仍然在洞庭湖畔、南湖之滨的一所地区性专科大学里，继续圆我的大学梦和文学梦。"君住长江头，我住长江尾，日日思君不见君，共饮长江水。"

一年一度秋风劲。相聚的光阴匆匆，转眼又是红叶缤纷苇子黄的时节。那漫天飞舞的红叶，缀满我记忆中全部的时空。闪现于脑际的，又是你那甜蜜而难忘的笑容。那缕缕情丝啊，剪不断，理还乱。我轻轻地拾起一片红叶，对着远方轻问："可爱的女孩，秋天到来的时候，你就会来吗？"

明年，秋天，还会有红叶！

金色的秋阳

认识怡纯属偶然。

怡是我室友强的高中同学和同桌，也是玩得最好的异性朋友，当时正在省城的一所重点大学读书。

那是四年前的秋天，我去省城长沙参加一次考试。因为觉得一个人去实在有些寂寞，我便邀请室友强一起去。正好，强也想去省城玩，于是，我俩一拍即合。

出发前的一个晚上，强打通了怡的电话，把我们要去长沙玩的计划告诉了怡。怡在电话里热情地说："好啊！欢迎你们来长沙玩啊！你们到了就给我打电话，我一定到校门口去接你们。"第二天刚好是星期天，我和强很早就起来了。我们打点好行装，就去了火车站，踏上了一列开往省城的火车。在火车上，强一直跟我谈起怡，谈起他们读高中时的那些往事。我知道强跟怡的关系不一般，因为我看到过他们的合影。我想：强这一次跟我一起去省城，一定是为了怡。到省城后，我本想去我同学那里住，但强不同意，一定要拉着我去怡的学校。

于是，我们乘公共汽车来到了怡所在大学的校门前。我们刚下公交车，一个眉清目秀、身材高挑、脑后留着一根长辫子的女孩立即迎了上来。强惊喜地叫道："王怡，是你！怎么这么巧，我们一下车就碰到你！你在这里等了多久了?"怡白净的脸上出现了两片红晕,一双明亮的眼睛放射出动人的光彩。她微笑着说:"也没等多久,大概十多分钟吧。我知道那趟车上午10点半到长沙,你们下车后再坐半个小时的汽车,11点不就到我们学校了嘛!""你算得可真准啊!"强夸奖道。站在一旁的我,立即意识到眼前的这个漂亮而又有气质的女孩就是怡。她是强的梦中情人呢,真是一个挺不错的女孩子啊!我不由得暗暗佩服强的眼光。为了缓和气氛,我也笑着向她打招呼:"嗨,你好!"怡这才注意到我。她用那双大眼睛把我上上下下地打量了一番,然后问强:"他是……"强忙说:"噢,忘了介绍了。他叫霞,汨罗人,跟我一个寝室的。他是来师大参加论文答辩的……"还没等强把话说完,怡就高兴地跳起来,说:"嗨,汨罗人,那是我半个老乡哦!汨罗我很熟,我在那里读过书……"怡很快就跟我攀谈起来,全然不像才相识的朋友。美丽、热情、开朗、大方,这是她留给我的第一印象。

短暂的休息后,我便去师大参加考试。由于准备充分,我的论文答辩顺利地通过了。我内心兴奋不已,因为这意味着我可以拿到自学考试的本科文凭了。尽管离考研还有些差距,但毕竟走完了第一步。在外语方面,我早就过了四级,现正准备考六级呢。学业方面进展如此顺利,怎能不令人高兴呢?答辩完,我便去找强。强正跟怡在一起吃午饭呢。他一看见我回来了便问:"霞,考得怎么样啊?过了吧?我们的大才子,快来一起吃饭哦。"怡有些不解地看着我,强忙解释说:"我们班就数他成绩最好了,专科还没有毕业就拿到了自考本科文凭,外语早过了四级,正准备考研呢!"我是个经不起夸奖的人,脸早就有些红了。怡注意地听着,放下筷子,脸上露出了赞许的微笑。她说:"真不简单啊!霞,我的半个老乡,祝贺你。在我们学校能够考上研究生的人还不多呢。强,你可要向他学习哟!"

午饭后,怡建议去南湖公园玩,我和强都同意了。

我们买了些食物,带上相机,乘公交车来到位于市郊的南湖公园。这里的景

色真美啊！习习的秋风吹得人神清气爽，就像置身于阳春三月呢。湖边种着许多柳树。柔软的柳枝随风飘荡，在空中画出一道道优美的弧线。湖面上不断泛起一圈又一圈涟漪，又慢慢地向四周荡漾开去。金色的秋阳照耀在波光粼粼的水面，如点点碎金似的直刺人眼。湖中热闹非凡，有很多游客在那里划船。哗哗的划桨声和嘻嘻哈哈的欢笑声，打破了公园的宁静。湖中有一座小岛，岛上有个建得相当精巧的带飞檐的亭子。许多游客在亭子里休息，观光，拍照。湖的南面是一些起伏的小山丘，山丘上长着不少四季常青的树木。靠近湖边的一座小山上，屹立着一座高高的古塔，格外引人注目。

我们先到湖心亭拍照，然后又去划船。上岸后，我们沿着林荫小路来到古塔下，沿途又拍了不少照片。怡对这个地方很熟，她总是走在最前面，像一只轻捷的燕子一样给我们带路。拍照的时候，最先是强给怡照、给我照，然后是我给怡照、给强照。我还给他们照了一张合影。说心里话，我很想跟怡照一张合影，但我不知道如何开口。不知为什么，自从见到怡的那一刻，我就一直想亲近她。三人在一起拍合照的时候（请旁人拍的），我总是不自觉地向她那边靠，但她总是若无其事地把身子往旁边挪了挪。尽管我对怡有些好感，但我竭力克制着，毕竟，怡是强的好朋友。只是我还有一个小小的愿望，那就是也想跟怡照张合影。所以，一路上虽然逛了不少地方，也拍了不少照片，但我内心总觉得还是少了点什么。没想到我的心事竟让怡给察觉了。快到古塔下的时候，她对强说："胶片不多了，我还没跟你同学照呢。"然后，她走向我，对我说："来，霞，我们以古塔为背景照张相吧！"真是一个心细的女孩！我有点受宠若惊，简直不敢相信自己的耳朵，她竟主动邀我照相呢！我怕她看出我的心思，忙整了整衣服，跟她并排站在一起。"咔嚓"一声，青春的记忆就在这金色的秋阳中永远地定格了。

回校后，我多次听强谈起怡。强虽然说跟怡走得很近，但又说他们之间走在一起的可能还很难说，因为他们现在在不同的学校读书，将来还不知道情况会怎么样。再说，他的一个叫亮子的高中同学也很喜欢怡。我不好深究他们之间的复杂关系，只是在一旁静静地听他讲他过去和现在的那些故事。但在内心深处，我对怡也是有些好感的。但按强的说法，我的那点想法，只不过是一个玫瑰色的肥皂泡般的春梦罢了。年底，我要准备英语六级考试，也就慢慢地把这些事忘记了。元旦的时候，我却意外地收到一张来自省城的贺卡。拿到贺卡时，我感到有些纳闷。我想：我在长沙又没有玩得很好的朋友，谁会给我寄贺卡呢？于是，我有些迫不及待地拆开了它。哦，原来是怡寄来的。真给了我一个莫大的惊喜呢！我看到在那张灰蓝色贺卡的正面，怡用娟秀的字体写道："能认识你这位优秀的朋友，是我这一学期来最快乐的事。不要把我夸得那么好，深交后，你会后悔当初对我的评价。欢迎再来长沙玩，多拍几张'伟人照'。Happy new year！"署名是王怡。那一刻，我的感情像野马一样奔腾起来，心跳也仿佛加快了节奏。我感到全身被一种极大的幸福感包围着。多可爱的女孩啊！她在遥远的省城竟然还惦记着我呢！为了感谢她的情谊，我立即给她回了一张贺卡。我写道："很高兴能在新年到来的日子收到你的问候。这辈子最幸运的是结识了你这么一位善解人意的女孩。"

然而，这以后，我再也没有跟怡联系过，也没有见到过她。由于种种原因，强跟怡最终结束了恋人关系，他们后来只保持着一般的同学关系。大学毕业后，我被分配到一个遥远的乡镇。在艰苦而单调的日子里，我过得充实而孤寂。我依然忙着读我的文学史，忙着外语过级考试，忙着考研究生，然而内心深处，我仍然忘不了怡。和她的那张合影，我一直小心地保存着。许多个清晨的梦里醒来，浮现在眼前的总是她那可爱的笑脸、长长的发辫，以及亭亭玉立的、穿着一套灰蓝色西装的形象。后来，我终于考上了研究生，于是拨通了她们寝室的电话，得到的回答却是："她已经搬走了。"随后，电话便被挂断了，只剩下无尽的嘟嘟声，像是从遥远的天边传过来的。我不敢相信这是事实，握着话筒怔怔地站了半

天，久久不愿放下。这以后，我们就永远失去了联系！唯有最初的一抹记忆和着一缕金色的秋阳，在我心中定格成永恒。

"秋草独寻人去后，寒林空见日斜时。"一年一度的秋天又到来了，怡，不知你如今在何方。你过得还好吗？愿你一生幸福平安！

约作于2003年
初发于《北大清华讲座》微信公众号，阅读量过三千

教师节的感动

啊，时间过得真快！一年一度的教师节又要到来了！

从师范大学硕士毕业以后，我就来到这所医学院校当学生辅导员，到现在已经有五六个年头了。教师节固然是每年都过的，因为这是我们全体教师的节日，是我们工作中最幸福最快乐的日子，是党和国家"尊重知识，尊重人才"政策的具体体现。每年教师节的时候，学生们大多会送花、送水果、寄贺卡或者发祝福短信给我。如果有幸评上优秀教师或者优秀教育工作者，还可以参加学校的表彰大会呢。

可是，今年的教师节与往年不一样。

近年来，桂林市提出"重点发展临桂，在临桂新建国际旅游城市，再造一个新桂林"的口号，临桂新区的建设正迅速地开展起来。我们学校为了进一步提升办学规模和层次，也在临桂兴建了一个新校区。经过将近五年时间的建设，我校临桂新校区已经初具规模。按照学校的安排，今年九月，我校临桂校区要正式投入使用。2013级两千多名新生将全部入住临桂校区。这样，辅导员的带班情况又不得不做出调整。我本来在东城校区带了2012级一个临床班和一个检验班的学生，共约二百人。现在学院又安排我去新校区带2013级的新生了，原来带的2012

级两个班都分给其他不去新校区的老师带了。但今年新老生开学的时间不一样，老生在9月1号就开学了，而新生由于新校区的校门和道路还没有完全竣工，他们的开学时间便推迟到了9月15号。而在这中间，恰好就横着一个教师节。于是，我想今年的教师节可能跟往年不一样了。往年是带了学生，所以总有学生来看望我，给我送花，祝贺我节日快乐。今年呢？原来带的学生已经交给别的老师带了，而即将带的学生又还没有开学。恐怕今年的教师节只能一个人过了。

可是，出乎我的意料的是，9月10号那天下午，我原来带的2012级临床本科二班的几个班干部捧着一盆青翠的玉兰花，来东城大办公室祝贺我节日快乐。我当时正在办公室里收拾东西，准备第二天搭校车去临桂新校区。学生们可能看到我在办公室，所以推门进来了。我感到有些突然，接过那盆青翠的玉兰花，连声说："谢谢！谢谢你们！"接着，我有些不解地对他们说："我这个学期不带你们了，你们怎么还送花给我呢？真想不到！"副班长小吕说："您虽然不带我们了，但去年您为我们付出了很多，我们都记着呢。现在您虽然去带下一届的新生了，但只要您曾经带过我们，您就永远是我们的老师。我们是不会忘记您的！"我说："谢谢！谢谢你们！看来尊师重教的观念已经深入人心了。谁说90后没有信仰呢？看你们做得多好！"我又询问了一下他们班上最近的情况，他们也问了我新校区的情况。由于他们下午还有课，跟我只聊了短短的几分钟就告辞了。临走的时候，我对他们说："欢迎你们来新校区玩！"他们连声说："好，好，好！"

送走学生后回到办公室，望着象征着师生情谊的那盆青翠的玉兰花，我的心情久久不能平静。是啊！谁说不带学生了就没有学生来看望老师呢？这些学生今天不是来了吗？他们考虑得很周到呢。本来他们不来看我也很正常，但是他们却来了，真令人感动。我情不自禁地想起"一日为师，终身为父"的古训，想起唐代政治家、诗人韩愈在《师说》里说的关于教师作用的名句"师者，所以传道、授业、解惑也"，想起毛主席在他的老师徐特立先生六十岁生日的时候写给徐特立的信里的名言"你是我二十年前的先生,你现在仍然是我的先生,你将来必定还是我的先生"。

啊!教师——这份人世间最崇高的职业,人类灵魂的工程师,培养祖国未来花朵的辛勤园丁!我以前还不怎么喜欢这个职业呢,觉得它限制了个人的发展。现在,尤其是今年这个教师节,看到学生们对老师的浓浓情意和深深眷念,就感觉到内心深处有一阵阵暖流在激荡。师生的情谊,也是人世间最珍贵的一种情谊呢。

我愿把这份感动永远地留在心间!我愿我们的民族尊师重教的传统,代代相传。

约作于2013年

夕阳山外山

古往今来，不知有过多少诗人、作家称赞过夕阳的美丽。唐代诗人李商隐道："夕阳无限好，只是近黄昏。"而当代作家路遥是这样描写黄土高原上壮观的日落的："西边的太阳正在下沉，落日的红晕抹在一片瓦蓝色的建筑物上。城市在这一刻给人一种异常辉煌的景象。城外黄土高原无边无际的山岭，像起伏不平的浪涛，涌向了遥远的地平线……"李叔同却在一首叫《送别》的歌中唱道："长亭外，古道边，芳草碧连天。晚风拂柳笛声残，夕阳山外山。"哦！夕阳山外山，无限凄美的送别意境，就构成了这首歌的内容。这也就是本篇文章标题的由来。

对于夕阳，我也是喜爱和赞美的呢。

可是考博的失败，却让我心情沉重！

记得今年2月份的一天，那真是一个难得的晴朗的好天气。因为那段日子，北风还很猛烈，天空中翻滚着厚厚的乌云，偶尔还会响起一两声沉闷的炸雷，然后春雨就淅淅沥沥地下了起来，漓江也变成了烟雨迷蒙的一片。接连下了十多天雨后，终于盼来了一个晴朗的好天气。那天窗外光线充足，没有必要再开着电灯在屋子里看书了。我于是便拿着书和凳子，坐到走道上去看。那天我看了一整天的书，中间每隔一小时左右换一个科目，休息十分钟左右。除了吃饭睡觉，其他时间基本上都花在看书上了。一直看到下午太阳快要落山的时候，我才恋恋不舍地收起书本，准备去学校食堂吃晚饭。这时候，西边落日异常壮观的景象吸引了我。只见漓江两岸众多的尖尖的山峰之上，一轮又大又红的落日正在缓缓地下沉，就像一个巨大的铜盘，从西边的天空中慢慢地滑下去，滑下去……而远远近近的群峰，如象鼻山、伏波山、独秀峰、叠彩山等，还有那碧绿的、轻轻流动着的漓江水，房屋行人等全都被落日的余晖染成了一片金黄，简直就是一个黄金世界呢。这是一幅多么美的图画啊！我想：哪怕是被称为丹青圣手的画家，也不一定能完完全全地把它描绘出来呢。

  这幅异常壮观的"夕阳山外山"的图画虽然也引起了我的欣赏，但我想得更多的是毛主席那首《忆秦娥·娄山关》的词。那首词的后几句就是写夕阳的："雄关漫道真如铁，而今迈步从头越。从头越，苍山如海，残阳如血。"毛主席是在红军攻克娄山关后，站在娄山关上，望着四周起伏不断的群山，望着远处的夕阳，联想到长征以来红军的连续血战而写下这首情韵俱佳、意境凄美的不朽词作的。注家解释说，这是毛主席在娄山关战斗结束后，站在娄山关上看到的一幅远山夕阳的壮丽图画。不过，这夕阳并没有得到毛主席的赞美。毛主席反而把它与红军长征路上所遇到的一系列艰难困苦和重大牺牲联系起来，所以就写出了"残阳如血"的名句。

  那一刻，我突然想起了我自己。近年来，我考博曾数次失败，几乎颗粒无收。我什么时候能够获得成功呢？胜利似乎总是遥遥无期。我耳边仿佛又响起了《长征》电视剧中《十送红军》的主题曲。这些年来，我最爱听这首歌，也最爱唱这首歌了。它表现的是红军和老百姓的深情厚谊，以及老百姓对红军胜利和革命前途的期盼。

  毛主席所塑造出来的"残阳如血"的凄美意境，不就是这首歌的具体化吗？

这首歌的旋律相当优美,但调子的开头稍微有些低沉,表达的感情却是相当真实的。啊!革命,伟大而崇高的革命啊!你是多么艰难的事业!可你也是人世间最正义的事业!考博不也是如此吗?考清华的博士更是难上加难!可是既然选择了这个目标,就不能够退缩。尽管付出跟收获不成正比,但不付出肯定没有收获。

革命先烈方志敏在《可爱的中国》里写道:"不错,目前的中国固然是江山破碎,国弊民穷,但谁能断言中国没有一个光明的前途呢?不,决不会的,我们相信,中国一定会有一个可赞美的光明前途!"国家是这样,个人的前途不也是如此吗?尽管我现在考博屡遭失败,处境艰难,但难道我就没有一个光明的前途吗?不会的,我深信经过长期不懈的努力,我也一定能够取得考博的成功,也一定会有一个可以赞美的、光明的前途!

夕阳终于渐渐地沉入遥远的地平线。光线渐渐地暗下来,再也无法看书了。我捧着书本,站在宿舍楼六楼的走廊上,想着近些年来的奋斗历程,心中久久不能平静。

哦!明天,太阳又会从东方升起,那将是一个全新的开始。而我的未来,不也和初升的朝阳一样光辉灿烂吗?

在桂林的最后一个秋天

"塞下秋来风景异,衡阳雁去无留意。""一年一度秋风劲。"……每当习习的秋风吹着满地的落叶"沙沙沙"地打旋儿的时候,我就会想起古人那些写秋的名句。

不过,在传统文学中,秋天并不是一个受人欢迎的季节。自从战国时宋玉在《九辩》中写下"悲哉秋之为气也!萧瑟兮草木摇落而变衰。憭栗兮若在远行,登山临水兮送将归。……坎廪兮贫士失职而志不平,廓落兮羁旅而无友生……"的句子以来,对于秋景和自身身世的伤怀,就成了许多文人学士抒发的主题。如欧阳修的《秋声赋》里就有"盖夫秋之为状也,其色惨淡,烟霏云敛……其意萧条,山川寂寥……其所以摧败零落者,乃其一气之余烈。……嗟夫草木无情,有时飘零。人为动物,唯物之灵;百忧感其心,万事劳其形;有动于中,必摇其情"的句子。柳永的《雨霖铃》中也有"多情自古伤离别,更那堪,冷落清秋节"的句子。《西厢记》里长亭送别的秋景也写得很伤感。如"碧云天,黄叶地,西风紧,北雁南飞。晓来谁染霜林醉?总是离人泪!"但是,也有少数诗人跟悲秋的伤感唱反调。如唐代诗人刘禹锡就喜欢秋天,赞美秋天。他在诗中写道:"自古逢秋悲寂寥,我言秋日胜春朝。晴空一鹤排云上,便引诗情到碧

霄。"而现当代革命家、军事家、诗人毛泽东,更是在他的诗词中用大手笔描写绚丽的秋色和火热的革命战争场面。如《采桑子·重阳》:"人生易老天难老。岁岁重阳,今又重阳,战地黄花分外香。一年一度秋风劲。不似春光,胜似春光,寥廓江天万里霜。"《沁园春·长沙》:"独立寒秋,湘江北去,橘子洲头。看万山红遍,层林尽染,漫江碧透,百舸争流;鹰击长空,鱼翔浅底,万类霜天竞自由。怅寥廓,问苍茫大地,谁主沉浮?"《渔家傲·反第一次大围剿》:"万木霜天红烂漫,天兵怒气冲霄汉,雾满龙冈千嶂暗。齐声唤,前头捉了张辉瓒。"……

对于秋天,我也跟刘禹锡、毛泽东一样是欣赏和赞叹的。

我觉得秋天是一年中最美好的季节。因为春天的时候虽然百花盛开,万树吐绿,但是雨下得太多,房子里的一切都变得潮湿,什么东西都发了霉。而且,春天气温也很不稳定,一会儿冷一会儿热。如果一不小心着了凉,就很容易患感冒。夏天又实在是太热。火辣辣的太阳把大地和一切建筑物都烤得滚烫。人们走在大街上,就像在蒸笼里被蒸化一样。夏天热起来的时候,晚上连地板都是发烫的,觉都没有办法睡。冬天又太冷。呼呼的北风吹在脸上,就像刀割一样。如果再下上一两场雪就更冷了,好几天不能出门,只能躲在自家屋子里烤火。秋天的温度是一年中最适宜的,既不冷也不热,而且气候干燥,秋风凉爽,阳光充足,天空高远,景色优美。谁说它不是一年中最美好的季节呢?所以我爱大自然的秋天。

而桂林的秋天,又与其他地方的秋天有很多不同之处。时间过得真快啊!弹指一挥间,我在这个城市生活了将近十年了,也度过了将近十个这样的秋天。可是,要说真正领略到桂林秋天的韵味,却还未曾有过。因为这些年来,我的大部分时间是在书山题海和紧张的考试中度过的,所以,对于自然界的变化,我很少留意过,更谈不上欣赏。但我又是一个爱写诗的人,虽然发表的诗作并不多,也很少有时间写，但是创作冲动来了的时候，还是不免要写下几行自己的观感。这样，桂林的四季也就在我的笔下活起来了。在桂林的四季中，我最爱秋天。在我看来，桂林的秋天有它的几个独特之处。首先是满城的桂花香。这也许只有桂林这个城市才有吧。我国古代的史书上记载："桂林遍生桂木，不生杂树。"这就是桂林名称的由来。其次是漓江上川流不息的观光游客。这些游客来自世界各地，他们都是来观赏桂林山水的。秋天的漓江水位往下降了，但游客的数量并未减少，反而有上升的趋势，因为桂林的秋天气候宜人，风景优美，正是人们出门旅游的最好季节。再次是独特的秋光秋色。在桂林，从山的颜色上是看不出季节的变化的，因为桂林的山一年四季都是翠绿色的，山上到处是四季常青的树木和青苔，即使到了秋天，桂林的树木也没有多少会掉叶子。习习的凉风吹到人身上，多么爽快啊！漓江上游泳的人渐渐地少了，天异常高远，湛蓝湛蓝的，远远望去就像一块深青色的幕布。灿烂的秋阳和煦地照耀着宁静的大地。这样晴和的好天气，一般要持续一二十天呢！漓江两岸，金黄色的野菊迎着秋阳开放着，散发出一阵阵沁人心脾的馨香，真有"战地黄花分外香"之感。市区虽然看不到漫山的红叶，可有兴趣的人们可以到附近各县的风景区去观赏"万山红遍"的壮观景象。大街上，满车满篮地摆放着到秋天才成熟的果子，如秋西瓜、板栗、柿子、橘子、干桂花等，任来往的顾客们挑选。

  一年容易又秋风。今年的秋天又如期而至了，但对于我来说，这可能是我在桂林的最后一个秋天了呢。在这个城市，我为自己的理想奋斗了多年。今年3月，我在清华大学博士生入学考试初试中获得了专业第一名的好成绩，但不幸的是复试时被刷掉了，最终没有被录取，以总分一分之差落第。我也曾经郁闷过、痛苦过，但休息了两三个月后，为了自己的理想和未来，我又拿起了书本继续奋斗了。我深信，凭着自己坚实的基础和实力，在不久的将来，我一定能够在考博中获得成功。实现自己学业上的理想之后，我还要坚持不断地创作，力争为自己生

活过的土地和岁月，为自己生活的时代，奉献出一部部优秀的作品。我坚信，在不久的将来，这个目标也一定会实现！

啊！桂林，我生活过的城市！我是如此热爱着你！然而，我又多么希望从你这里走出去，做一番更有意义、更伟大、更崇高的事业啊！我为自己的理想奋斗了多年。我坚信，在学业与事业的开拓中，我一定会有更美好的明天。可是，桂林！这就意味着，我要离开你远行，这就意味着这将是我在桂林的最后一个秋天。哦！桂林——我生活过的城市，在这最后的日子里，我一定会且行且珍惜。

当代散文家峻青在《秋色赋》中写道："花木灿烂的春天固然可爱，然而，瓜果遍地的秋色却更加使人欣喜。秋天，比春天更富有欣欣向荣的景象。秋天，比春天更富有灿烂绚丽的色彩。"啊！我爱桂林的秋天，我爱它灿烂的秋阳，我爱它金黄色的野菊，我爱它湛蓝的天空，我爱它馨香的桂花……我更爱挂满枝头的各种果实，那是收获的象征。人生何尝不是如此呢？在经历了艰辛的播种之后，也一定会有一个收获季节的到来。啊！请这样的季节快快到来吧，我期待着这样的季节。

啊！我生命最充实、最快乐、最美好而又最难忘的，在桂林的最后一个秋天！

约作于2014年，初发于《北大清华讲座》微信公众号，阅读量过三千

告别桂林

在经过半年多的准备后,我参加了清华大学的博士生入学考试。初试过后,我在焦急的等待中参加了复试。复试过后,又经过了漫长的等待,终于迎来了调档函和拟录取名单。档案寄出去以后,又过了十多天,期盼已久的录取通知书终于到来了。这就意味着,我在桂林的日子将越来越少了。我将要离开这座生活了十年的城市,走向新的更加广阔的天地了。

此时此刻,站在人生道路上一个重大转折关口的我,心情是激动的、欢欣的、自豪的。

是啊!清华园,那是多少学子想去的地方。去清华读书,那是多少中国父母和他们的子女的梦想!现在,经过多年的努力奋斗,我的这一愿望终于实现了,怎么能不叫人感到兴奋和荣耀呢?在胜利的日子里,我又情不自禁地想起了过去,想起胜利的来之不易,想起考博的多次失败,想起遭遇的不公,想起别人的风言风语,等等。现在,我终于克服了许多难以想象的困难,在学业上取得了辉煌的成就,达到了人生的又一个高峰!我要向全世界宣布:我终于解放了,终于扬眉吐气了!但我仍然暗暗地告诫自己,一定要好好珍惜,要继续保持艰苦奋斗的作风,争取在学业和事业上取得更大的成就。

啊！桂林，我生活过的城市。在这里求学的时候，我曾领略你秀丽而迷人的风光。在这里工作的时候，我对你美丽的风景无动于衷，整天只想着怎样考上博士，争取有更美好的前程。然而现在，我要离开你时，又有些不舍和留恋。过去的时光难忘怀，往事又如放电影一样，一幕幕地浮现在我眼前。

怎么能够忘记，当初考上研究生时，我曾经风尘仆仆地奔向你的怀抱？怎么能够忘记，在师大求学的日子里，我和其他同学一起畅游漓江、七星公园、古东瀑布等著名景点？怎么能够忘记，在桂林医学院工作的日子里，我曾经给学生们上课，指导学生们开展各种活动？怎么能够忘记，在漓江畔不远的一间出租房里，我曾经夜以继日地刻苦攻读？怎么能够忘记，在这个生活了多年的城市，到处都有我的老师、同学、同事、学生、熟人或者朋友？而现在，我就要离开他们远去了。此时此刻，我怎么能不对这座我生活了多年的城市充满留恋？可是，为了更美好的前程，我又不得不选择离开桂林远行。

在这最后的日子里，我一定要且行且珍惜。对于还没有领略过的秀美风景，我一定要尽情地领略；对于没有去过的名人故居、历史遗迹，我一定要抽空去瞻仰；对于那些一直关心我的老师和领导们，我一定要抽空去拜访；对于交往多年的同行、同学、朋友们，我一定要真心宴请；对于曾经失去过的许多欢乐，我一定要尽力弥补……而我的许多学生，早已在悄悄地筹划着怎样为这样一位曾经教过他们，让他们爱戴、骄傲、自豪的老师饯行了……师生情、同事情、同学情、朋友情……这些人世间最珍贵的各种情感，在这即将远行的最后日子里显得更加浓郁和深沉。

哦！桂林，我生活过的城市。我在这里的日子将越来越少，但你作为我人生中最重要的一个历史阶段，作为我生命旅程中最重要的一站，将永远留在我的记忆里！

约作于2015年，初刊于《汨罗周刊》

桂林，我生活过的城市

桂林是一个美丽的城市。

最早接触桂林这个名字，是在小学时学过的一篇叫《桂林山水》的散文里。我至今记得这篇散文里有这么几句："漓江的水真静啊！静得让你感觉不到它在流动。漓江的水真清啊！清得可以看见江底的沙石……"后来，随着年龄的增长，我对桂林的了解也渐渐多了起来。比如，我知道有一首《我想去桂林》的歌，学过唐代诗人韩愈写桂林的诗句"江作青罗带，山如碧玉簪"和当代诗人贺敬之《桂林山水歌》中的名句："云中的神啊！雾中的仙，神姿仙态桂林的山！情一样深啊，梦一样美，如情似梦漓江的水！"

而我来到桂林这座城市，是因为深造的需要。十年前，我考上了广西师范大学的研究生。那年9月，我从湖南老家提着行李和书籍，坐上一辆南下的列车，来到了这座秀美的南方城市——桂林。谁知这一来就是十年。

研究生毕业以后，我几经辗转，最终选择了在桂林医学院当一名学生辅导员。这样，我就在这个已经熟悉了的城市工作、居住和生活着。

大概一个人在某一个地方住久了，就会对它产生一种别样的感情。对于我而言，在桂林生活的岁月不算短，因此，把桂林叫作我的第二故乡也是十分恰

当的。

在桂林生活的这些年里,我对这座城市的一切已经十分熟悉了。

首先,给我留下最深刻的印象的当然是这里与众不同的秀美山水。从猫儿山发源,缓缓向南流去的漓江,就像一条宽阔的玉带,把这个城市一分为二。它的两边有七星公园、靖江王陵、尧山、叠彩山、王城、独秀峰、象鼻山、阳朔等著名景区。无论站在这个城市的哪一处,你放眼望去,只见周围到处都是一座座尖尖的姿态各异的青色山峰。它们有的像利剑,有的像石笋,有的像大象,有的像骆驼,有的像馒头,千姿百态,美不胜收。初到桂林的人,一定会惊异于桂林山水的美丽,它的"甲天下"确实名不虚传。

其次,桂林拥有多所知名度较高的大学。在大学的数量和质量上,它不亚于广西的首府南宁。如设在王城及三里店的广西师范大学,设在金鸡岭的电子科技大学,设在建干路的理工大学和医学院,设在凯风路的两所军校——陆军学院和空军学院,还有旅游学院、师范学院等。在桂林这座并不算大的城市里,密集分布着如此多的大学,而且有几个大学几乎是连在一起的,只隔着几条街,如七星公园附近的广西师范大学、桂林旅游学院、电子科大、理工大学、医学院等。

再次,桂林有许多名人遗址。这里有明清以来众多的名人墓葬、名人故居,如靖江王陵,临桂区横山村陈宏谋故里,临桂区六塘镇李天佑将军故里,榕湖旁边的清代词人唐景松、王鹏运石像,临桂两江镇的李宗仁故居及杉湖旁文明路的李宗仁官邸,临桂会仙镇及榕湖旁的白崇禧故居,还有梁漱溟、马君武墓等。瞻仰这些名人遗迹,会让人们心中不由自主地升腾起一种奋发有为、建功立业、青史留名的豪情。

除此以外,桂林还有一些其他城市并不具备的特点,如它曾经是广西的政治中心,古代多个封建王朝把它作为广西的治所。抗战时期,当时的广西省政府也一度迁回桂林。尽管南宁现在成为广西的首府,但桂林仍然是广西的一个重要城市，其知名度甚至大于南宁。桂林环境优美，空气质量好，没有什么污染严重的厂矿，因此它是一个宜居城市。桂林的物价较低，消费相对便宜，因此在这里上学、工作、买房、生活是十分划算的。桂林的许多美食也让人百吃不厌，如桂林米粉、三花酒、漓江鱼等。桂林人好客、纯朴、热情。有的地方有出租车司机宰客现象，在桂林就很少发生，这里的出租车司机都明码标价。我在这里坐过许多次出租车，从来没有被宰过。在公交车上，我曾经多次看到不少学生、青年主动给老人和孕妇、小孩让座。

啊！这就是我生活过的城市——桂林。

多年来，我一直租房居住，生活并不十分称心。为了更美好的前程，我曾不论白天黑夜奋力攻读，完全忽略了她那美丽的自然和人文景观，但我仍然爱着这座城市。我爱她秀美的风光、悠久的历史、丰厚的文化和这里特有的一切。

啊！桂林，我生活过的城市，我将把你永远地珍藏在我的记忆里。

约作于2015年，初发于某微信公众号

回忆与李江教授相处的日子

在这个世界上，许多事情会使你意想不到，我的硕士研究生导师广西师范大学文学院李江教授的突然离世就是这样。

今年4月中旬的一天，我接到李师母的电话（本来是我先打过去的，但李师母没接到），听到李江教授因抢救无效而离世的消息时，我感到十分震惊，甚至不敢相信自己的耳朵，不敢相信这个消息是真实的，因为在此之前我没听说过李江老教授有什么大病。况且我想现在医疗技术这么发达，人的寿命普遍延长，即使李老师真有个什么病，也不至于到无法抢救，过早地失去生命的地步。本来这篇文章应该是在三十年或四十年之后来写，因为按照现在一般中国人的平均寿命推测，一个普通人，只要他没有什么重大的严重危及生命的疾病，他活个七八十岁应该是没有什么问题的。李教授今年才五十一岁，即使再活三十年，他也才八十一岁。可是天有不测风云，人有旦夕祸福，谁知道这个世界会发生一些什么事呢！

听到李教授不幸离世的消息后，我的心情异常悲痛和沉重。我想：我是不是应该写点纪念李教授的东西呢？毕竟写作是我的爱好和特长。而且通过这种纪念文章，李教授的音容笑貌和谆谆教诲就会在我们心中复活起来，他一生的行迹也才能让更多的人知晓，这也是对李老师恩情的一种报答。正巧，师兄师妹们正筹划着出版一本纪念李江教授的文集，我也就打算将这篇思考了多日的文章交给他们。在此之前，我已有写几篇关于李教授的文章的想法，因为我跟他交往较多，他给我留下的印象也较为深刻。这次，李教授的突然离世更是对我的心灵触动很大，所以，为李老师写几篇文章更是我义不容辞的责任了。可是，由于忙于家里和工作的事情（由于李教授逝世那天我刚好回了湖南老家，所以赶不及来参加他的葬礼，只是后来提了点东西去师母那里坐了一下。这一点还得请李教授原谅！好在师母通情达理，并没有责怪我），再加上未来的不确定也影响写作的心情，所以一直只是在酝酿和构思，并没有动笔写。

7月15号以后，师兄师妹们又在催交纪念李江教授的文章了。清华大学的博士录取通知书早就到了，我工作的学校开始放暑假了，毕业班学生的就业统计完成得差不多了，几大箱包的行李也整理好了，我终于可以抽出一点时间来完成这篇回忆李江教授的文章了。

我是在2003年9月考入广西师范大学文学院（当时叫中文系）读硕士研究生的，我选择的专业方向是中国现当代文学。当时中文系的硕士研究生导师有四人，其中黄伟林教授是写评论并研究中国当代小说的；雷锐教授是研究鲁迅和中国现代小说的；李江教授是南京大学毕业的博士，研究方向为中国现当代戏剧和影视；刘铁群副教授是新来的河南大学毕业的博士，研究方向为中国近代文学和女性文学。

在选择导师的时候，中国现当代文学教研室采取了学生和导师双向选择的办法。我当时选择了李江教授。那一届选择李江教授做导师的学生还有李盛涛、魏子木、郑建军、徐俊凯、王惟等几名同学，李教授没有拒绝我们，于是，我们都成了他的学生。选择李江教授做我的导师，是因为我的一些师兄师姐说李教授人很好，学历高，学养深厚。于是，我就选择了李江教授作为我的硕士研究生导

师，而根本没有考虑研究方向是否合适（其实我个人并不怎么喜欢戏剧，只是对影视稍微有些兴趣）。后来与李老师相处的那些日子，证明了我当初的选择并没有错。

记得研一9月开学后的几天，各研究方向的导师所带的硕士生名单确定以后，李江教授便在中文系办公楼中国现当代文学教研室里，把我、李盛涛、徐俊凯等新同学召集在一起，开了一个短会。在会上，李教授向大家做了自我介绍。他说："我是重庆人，在西南师大读的硕士，硕士毕业后我在青海的部队干过几年，后来考上了南京大学博士，导师是南大副校长董健教授。我主要搞中国现当代戏剧和影视，来这里有两年了。"他接着发给我们每人一本打印出来的文稿，文稿上面写着读硕三年的必读书目，如文学史、文学理论、历史、哲学书籍等，以及课程论文和硕士论文的写作要求。他继续说："现在研究生扩招了，人数也越来越多了。你们这一届是我带的人数最多的一届。人多了，导师们带不过来怎么办？只好把你们像放羊一样地放养，但这并不意味着对你们降低要求。必读书目是两年内必须要读完的，而且要求写读书笔记。以后每隔两个月，我要把你们的读书笔记收上来检查一次。学校要求毕业时每个研究生至少要在省级刊物上发表两篇论文，每个学期的课程论文要按时完成。研二下学期的五六月份，要完成硕士论文的开题报告。以后每个学期，我们至少要聚一次，主要是交流学习，增进了解。硕士生活对你们来说是全新的，但要完成学业也并不轻松。各个阶段的学习任务希望大家牢记在心。今天的会就开到这里吧，将来上课的时候，我还会跟大家见面的。"热情和严肃，这就是我的硕士生导师李江教授给我的第一印象。

"李教授人很好。"师兄师姐们的评价是不错的。在以后的日子里，我就深刻地感受到了这一点。在生活上，李老师很关心和体贴我们。他是过来人，知道学生们都比较穷，因此，平时有什么课题，他就尽量让我们做。一方面他可以减轻一点负担，另一方面也可以让我们在学术上得到锻炼。另外，我们还可以增加一些收入。我记得大概是读研一的时候，他得到了一个编写广西成人高校教材《中国现代文学史》《中国现代文学作品选》等课程教科书的任务，便把这个任务交给了我和李盛涛等几名同学。我们每个同学负责撰写其中的一部分章节，最后由李盛涛统稿。接受任务后，我连忙去图书馆查找各种资料，撰写自己负责的那几个章节。大概忙了一两个月，总算顺利交稿，完成了自己的工作任务。四五个月以后，这两本教材相继由广西师大出版社出版了，编撰者的名字都写在了教材的扉页上。这两套教材卖得比较好，再加上区教育厅原本就有一定的资金支持，于是，在那个学期将近结束的时候，李教授便给我们几个编书的同学每人发了一个两千块钱的红包，我们都很感激他。也许现在这两千块钱算不了什么，但十年前工资和物价还没有现在这样高，两千块钱差不多是我们一个学期的生活费呢！我们怎么能不感谢李教授呢？拿到红包后，我们都说要一起请李教授吃顿饭，李教授却轻轻地摆了摆手说不用了，我们便只好作罢。

读研的时候，我们每学期大约有一次聚餐。聚餐的内容一般是李教授在我们研一开学不久后的那次短会上讲的：交流学习，增进了解。聚餐时间一般安排在每个学期的开学后（下半年一般是教师节）或结束前。参加聚餐的人员都是李教授带的学生。少的时候是一个年级的，如我们2003级。多的时候是三个年级的，如2002、2003、2004级。人数少的时候一般只需摆个大圆桌，大家围在一起，边吃边聊就够了。人数多的时候，一个大圆桌就不够用，那就要摆上两桌。聚餐地点一般在师大食堂的小包间，有时候也去学校附近的火锅店。每次聚餐的时候，我们总是先去订座位、点菜。李教授一般来得迟一点，但他绝不会迟到。李教授来了以后，我们就会围着他问长问短，搛菜倒酒，有时候还要他点几个他爱吃的菜。说起聚餐，我那时候是最受李教授宠爱的，因为我曾经在乡镇工作过几年，也能喝点酒。所以，大家都指派我坐在李教授身边陪他喝酒。李教授便不再叫我

的名字，而是亲切而又戏谑地叫我"乡长"。我当时担任着中文系2003级研究生党支部书记，因此，也就理所当然地接受了李教授给的"封号"。其实我并没当过什么乡长，但"乡长"这个外号后来却被其他人叫开了，以至我在现在任教的这所学校工作多年后，还有一些同学或同事叫我"乡长"。追根溯源，还是导师给的雅号。可是后来，可能是没有适度控制酒量，李教授的肝脏功能受到一定程度的损害，最终导致肝硬化。

到了上菜的时候，大家就边吃边聊。一般是大家先向李教授敬酒，向他汇报一学期以来读书、论文发表等方面的情况，然后李教授一一回敬大家，询问每个人的学习、生活情况。有时候，我们也聊一聊学校的新闻，师兄师姐们写毕业论文、找工作的情况以及某个同学的恋爱故事等。读硕以后就不是大集体生活了，而是小集体生活，同学们大多围着导师转。比如学习、写论文、发论文、找工作，甚至谈恋爱等事情，很多同学都向李教授讨过主意。这种小集体生活，让人感到十分温馨和甜蜜。尤其是多年以后再回忆起当年聚餐的情景，就仿佛发生在昨天。我们曾把那年的毕业照命名为"李家军合影"。现在我们同门QQ群的群名也叫李家军，由此可见，我们同门之间的感情是多么深厚，简直就是一家人！我们确实是一家人！尽管我们分布在全国各地，但我们的心却因为李教授而紧紧地贴在一起。

每次聚餐过后，李教授都会跟我们抢着付钱。我们一般拗不过李教授，大多数情况下是他给我们付饭钱。他经常对我们说："我一个月有六千多块钱，这点钱我付得起的。你们现在还在读书，没有什么钱，等将来参加了工作再请我。"有几次我们执意要付款，都被他拒绝了。但是，同在师大，别的专业的某些导师却没有李教授这么大方和慷慨。李教授真是爱生如子，实在令人敬佩！后来几次聚餐的时候，为了报答李教授对我们的恩情，我们便想出了一些巧妙的办法：如吃完饭后我们会叫几个同学先稳住李教授，同时再叫几个同学悄悄地去结账；或者是教师节的时候，我们一起多买些礼物送给我们亲爱的李教授。毕竟，每一次都让他给我们付饭钱，我们心里也过意不去。

在学习上，李教授曾给过我较多的指导。我记得在研一开学后不久，李教授在一次短会上交代了硕士阶段的主要学习任务并提了相关要求。后来，因忙于游玩和忙于学英语，同时担任本年级研究生党支部书记也占去了我的一些时间和精力，他当初指定的那些参考书有许多我根本就没有看或者看得很少，读书笔记几乎没有做过。好在李教授并没有严格地执行检查制度，我就有幸蒙混过关了，但这给我后来的考博造成了很大的困难，因为有一些考题就来源于他给我们指定的参考书。为了考博成功，我不得不重新把李教授指定的参考书从头到尾地翻阅一遍，有的还看过五六遍。

在论文写作方面，李教授也给过我不少帮助。他提议我多看一些中华人民共和国成立前的旧报纸、旧刊物，这样就会有更多的文学史现场感，也会有更多的新发现。如在进行桂林抗战文化研究时，我就曾阅读过《救亡日报》《野草》及艾芜、骆宾基等作家在桂林时写的作品，在阅读过程中也确有一些发现。根据我所掌握的一些材料，我写成了《抗战时期骆宾基在桂林的小说创作》等论文。在我提交硕士论文初稿给李教授评阅的时候，我记得他看得很仔细，用红笔满满地写了两页评述，优点和不足都一一给我指出，甚至错别字、标点符号等一般人不会注意的细枝末节他都给我订正了。这花费了他多大的心血呀！四五万字的硕士论文，要花一两天才看得完呢。他不但看完了，而且还评述得那么细致，怎么能不叫人感动？

硕士毕业以后，由于就业形势不是很好，他就要我先找工作后考博。我最初参加了当年的选调生考试。考试通过后，我被分到汨罗市罗市某县的县委宣传部工作。由于那里离老家太远，交通不便，待遇也不怎么好，想继续深造又无学习环境，我便去桂林医学院当了一名学生辅导员。我又回到了曾经学习过的城市，

而且工作单位离师大很近。就在那一年的教师节,我们留在桂林工作的同学一起相约买了些礼物去看李教授。李教授见那么多学生来看他,心里十分高兴。他当即就带我们去师大附近新开张的一个火锅城吃饭。在饭桌上,他开玩笑地对我说:"我们的乡长又回来了。"

我回桂林工作后,由于立志考博,跟李教授的交往应该算是次数比较多的。李教授曾经在考博参考书目上给过我一些有益的指导。他建议我买北京大学出版社出版的一本叫《中国现当代文学学科概要》的书,然后根据这本书提供的书名线索把相关的参考书仔细阅读一至两遍。他的指导为我后来专业课程的学习打下了良好的基础,而考博材料中的专家推荐书,自然每次都少不了他的名字。我记得有几次是我打了草稿以后,他亲自给我抄写的。他那么忙,而我这点小事都要麻烦他,但又不得不去找他,我有时候也很过意不去。

我有事去找他的时候,也曾问过他的身体状况,但他当时没有回答我。我想,平时也没听说过他有什么病,他的身体应该还是比较健康的。于是,我也就没有很在意,只是提醒他在忙碌中要注意身体。我去找他的时候,有时是空着手去的,有时也买点水果或者带点老家的土特产给他。不过,不管我买不买东西,他都不是很在意。也许他觉得,只要有学生经常来看他,他就心满意足了。

去年四五月份的时候,因为有事要找导师李教授,我曾经给他打过几次电话,但每次都是无人接听。后来终于有人接听了,但说话的却是李师母。李师母对我说:"他出去打针了,要晚点才能回来。"我便有些急切地问李师母:"李教授得了什么病?怎么没听说?我们去看看他。"李师母却用毋庸置疑的语气说:"你们不要来。他交代过不要惊动你们,大家都忙。其实也不是什么大病,打点针吃点药,休养一下就行了。"但我和博士师兄朱江勇教授还是相约去看看他。后来,师兄朱博士又给李教授打过几次电话,但很多次仍然是无人接听,仅有的几次也是李师母接的电话。李师母对朱师兄说:"李老师去打针了,你们的心意我和李老师都领了。"朱师兄转述给我听后，我们也只好作罢。谁知这次没有去看李教授，竟成了我们永远的遗憾！

　　李教授过世后，我曾听师母讲，其实去年四五月份我们打电话说去看他的时候，他的肝硬化情况就有些严重了。医生除了给他打针开药，还嘱咐他多休息，但他并没有重视医生的建议。也许他认为那只是小毛病，不碍事的，仍然一门心思扑在工作上。在打针吃药的日子里，他还坚持给在校学生改论文，甚至拖着病体挤校车去离市区较远的雁山校区给学生们上课。他又不忍心惊动已经在上班的同学，怕影响大家的生活。今年，他的病情越来越严重，甚至发生肝部疼痛，有时连吃饭、走路都有些困难。今年农历三月初三那天，他早上起来上厕所的时候，跌倒在地板上起不来了。李师母见情况危急，立即把他扶了起来，然后叫来一辆救护车，送到解放军181医院抢救。医生们给李教授打了几支强心针，使他的生命体征有所恢复，后来由于出现了胃出血，便再也无法抢救过来了。

　　我曾问李师母："李教授身体状况出现一些问题的时候，怎么不去医院看看呢？而且我就在医学院，我有些学生就在附属医院当医生。"李师母说："他自己没在意，没引起重视，说医院人多，去医院要挂号、排队；又说不要惊动大家，大家都忙。"我说："忙也是实情，但是，该来看的时候我们还是要来看的。要是去年我们及时来看了他，哪怕只是给他提供一点建议，他也不会那么快就离开我们呀！"现在，真是后悔万分，还有什么比这更令人悲痛的？李师母跟李教授约同样的年纪，也是重庆人，毕业于重庆建筑专科学校。他们是李教授在西南师大读硕士的时候开始谈恋爱的，但短暂的热恋之后又是长期的分离。直到李教授博士毕业来广西师大工作后，李师母才被调到历史文化学院。他们的儿子李乐，医科大学毕业后留在广州的一家医院当了一名医生。李师母现在也有些白头发了。她的身材比李教授要高大一些，好像是一个经历过许多伤痛、挫折和磨难的人，能够经受住失去丈夫的打击。她安慰我说："李老师在世的时候跟我说

过,只要你们生活得好、工作得好,他就高兴了。那天开追悼会,学校和院系领导都给了他很高的评价。"事实的确如此。在师大工作的十多年中,李教授给许多本科生上过课,培养了六十多名硕士。这些学生大都成为各行各业的优秀人才。他们中有些人被评为教授,有些人考上了博士。我想:李教授应该会为他的这些学生感到欣慰。唯一的遗憾就是他正处盛年却永远地离开了我们,这怎能不令我们感到无限悲痛?

我对李师母说:"李教授一生淡泊名利。他虽然是教授,仍然默默奉献,一生行迹不为世人所知。希望您能多给我提供点李教授过去的事情,我一定要为李教授写几篇文章,使得他的事迹、精神和品格为更多的人知晓。李教授是学文学的,他还在部队工作过,他的经历应该可以写些作品,但他却没在这方面尝试过,我也感到有些遗憾。"

现在,经过多年的努力奋斗,我终于考上了清华大学的博士生。我是多么想把这个令人振奋的消息告诉我的导师李江教授啊!可是,他却永远听不到了。现在,我写的第一部长篇小说的第三次修改稿已经完成,我是多么想把它拿给李江教授看一看,让他给我提提意见啊!可是,他却永远看不到了。

我的硕士生导师李江教授走了,永远地走了。他走得那么突然,使很多人无法相信。但在我的记忆中,李教授依然活着。他的许多话语,仍然时时在我的耳边响起。过去的许多往事,仍然令我无法忘怀。我们一定要化悲痛为力量,继承他忠诚于祖国教育事业的精神,刻苦学习,努力工作,勤于创作,好好生活,为实现中华民族伟大复兴的中国梦贡献自己的一份力量。

草于2015年7月,修改于2015年10月

本文收入《江声如故——李江教授纪念文集》,漓江出版社2017年出版

记陈新华博士

生物学博士陈新华曾是我的同事，也是我的老乡。他正值生命力旺盛的壮年，却不幸患了直肠癌，于2015年4月初病逝。

他的遗体在火葬场火化时，我工作的学校的一部分老师、学生代表及他所在部门的领导都去参加了他的追悼会。我们围着他的遗体转了一圈。他静静地躺在一个长方形的玻璃罩内，面容安详，只是没有血色。看着他的遗体，我们的心里都异常沉重。谁知道他会那么快就离开了这个世界！他的哥哥流着眼泪跟前去参加追悼会的师生代表们一一握手，说陈新华小时候怎么努力学习，怎么不乱花钱，怎么考上博士，可是就在家里经济情况有些好转的时候，他却突然病逝。这个打击不是一般人能够承受的。人世间最大的悲痛就是失去亲人，何况这个亲人还正值壮年。看着他的哥哥悲痛欲绝的样子，我们的心就像被千万只虫子咬着一般难受，但只能默默啜泣，同时劝慰他也要保重身体。遗体告别仪式过后，桂林医学院党委张副书记代表学校宣读了追悼词。她在悼词中说："陈新华同志于1973年出生在湖南省株洲市一个农民家庭。他从小就热爱学习，热爱劳动，勤俭节约。高中毕业时，他以优异的成绩考上了一所专科学校。大专毕业后，他去一个中学当老师，课余坚持学习，终于考上了广西师范大学生物系的硕士。硕士

毕业后，他来桂林医学院做学生辅导员。工作期间，他兢兢业业，任劳任怨。一年以后，他考上了中南大学生物学方向的博士。博士毕业以后，出于对桂林医学院的不舍，他回来当了一名专业教师，先在某学院，后来去公卫学院任某实验中心副主任。他在工作上认真负责，关爱学生，受到广大师生的好评。他科研能力强，先后申报并主持国家自然科学基金两项，金额达四五十万元。谁知天不假年，正当他的事业处于发展阶段，他的人生处于年富力强的时期，却被查出患了直肠癌而且已到晚期。尽管动了手术，医生说还可以活两到六年。谁知三个月不到，他就永远地离开了我们！还有什么比这更令人难过的？"说到此处，张副书记也掉了泪。随后，她继续说："疾病，人类生命的可怕杀手。我们学医的人就是要和它做坚决的斗争。尽管对于一些恶性疾病，人类目前对它们仍然无能为力，但我们可以预防，可以探索新的治疗方案。希望同志们学习陈新华博士认真负责的工作精神，同时保重身体。疾病无情人有情，我们会做好相应的善后工作。谢谢大家！"张副书记讲完话后，我们再次默默地向陈新华博士的遗体致哀。

看着陈新华博士的遗容，想着他英年早逝的不幸，我内心感到一阵阵悲痛。他就这样走了。他结婚只有三四年，他还没来得及经营自己的家庭，他还没有孩子，他的事业正处在发展阶段，他还年轻……可是，可怕的疾病夺去了他的一切。命运对他是不是有些不公呢？也许，将来的人们并不会知道他的存在，而我和他既是老乡，又是曾经的同事，虽然交情不算很深，但也不算差。我想：我是不是该给他写点东西呢？也可以算作对朋友的一点微小的纪念吧！

此后，参加陈新华博士追悼会的情景常常浮现在我的脑海里，我为他的英年早逝而惋惜，同时也更深刻地思考着生命的价值和意义。那种想为他写点东西的想法也时时冲击着我的心扉。可是，直到一年后的今天，我才有闲暇提起笔来写关于他的往事。

2006年夏，我和陈新华博士同时毕业于广西师范大学，获硕士学位。不过，我们的专业不同，他读的是生物学，我读的是中文。我当时还不认识他。当然，他也不认识我。我们之所以能够相识，完全是工作的缘故。

硕士毕业后，他首先去某学院生物系当专业课教师。在我看来，这个岗位还是不错的，但他后来对我说，那里离家远，工资也不高。于是，他就毁了约（据他说没赔钱），来桂林医学院当学生辅导员。他比我先来一个多月。我去桂林医学院时，他已经在上班了，且拿到了一个月的工资和五千元的安家费。

我也是毁约后去桂林医学院的，但我赔了不少违约金（约五千元）。我当时报了选调生，培训完后，我被分到汨罗市下面的一个小县。由于离老家太远，交通不便，无继续学习的环境等原因，我便又签了桂林医学院，选择在那里做一名普通的学生辅导员。同来桂林医学院的辅导员还有莫小琴、刘新栋、陈新华三人，都是广西师范大学的硕士毕业生。我就这样结识了他们。

陈新华生于1973年，比我大几岁，当时还没有结婚，也不是党员，他说他也是大专毕业的。他中等身材，个头比我稍矮一点，留着一撮浓密的胡子，说话时常常面带微笑，对人十分友善。由于所带的班级不同，我们不经常在一起，只是每次部门开会的时候会碰到。后来，桂林医学院又分了一个检验专业的毕业班给他带。那个班是在乐群校区上课，部门领导便把他和我安排在一个办公室，我们交往的次数才渐渐地多了一些。不过，多也是相对的，因为他还有一个班在东城校区，因此大约只有一半的工作时间来乐群校区我们的办公室。他不得不两边跑，比我辛苦。而当时医学院的乐群校区和东城校区相隔一条漓江，约有六里地。按照签约时与学校的相关协议，我们都是租房居住的。学校每个月给两百块钱的租房补贴，但只给三年。我和陈新华租的房子相隔较远，所以几乎没有去私下拜访过他。我和他之间的交往多数是在工作中进行的。

　　我和他以前都没有从事过高校学生管理工作，因此需要慢慢地学习和摸索。班级管理、班干部培养、同堂听课、学生活动、奖助学金评选、宿舍内务检查、学校各种会议、学生每周班会等，每一项都少不了班主任这个角色。说得好听一点，班主任就是学生的管家，学生的任何事情都与他有关；说得不好听一点，班主任工作就是万金油，谁都可以干。其实在高校，班主任工作并不受人重视。它是一个工作忙、待遇较低且发展前途不被看好的岗位——这当然是我后来才知道的，但我们当时没有更好的选择，所以还得把从事的工作做好。我们每天上下班都很准时，做完一天的工作还要做好工作记录，还互相交流班级管理的经验。为了更好地做好辅导员的工作，他还申请入了党。

　　工作之余，我们也谈学习和发展问题。我那时已准备考博，每天下班回住处后常常看书到深夜。在我的影响下，他也产生了考博的想法。他说他外语不好，要向我取经。我告诉他外语主要是记单词，同时还要看看英文原版书，提高英语阅读水平。也许他听进去了，反正第二年的考博，英语没有拖他的后腿。至于专业课，他说他自有办法，原来他有一个硕士师兄在中南大学读博，可以帮他提供点资料和信息。

　　在考博这条路上，他比我幸运得多。我几乎是屡战屡败，可他一次就成功了。第二年，他报考了中南大学的博士。那年7月，他收到了中南大学博士生录取通知书，我们都为他祝贺。离开之前，他在一家饭店点了一桌饭菜，宴请了几个亲朋好友，我也参加了。我向他敬酒并祝贺。他面带红光，脸上洋溢着幸福的笑容。他回敬了我并告诉我，我们还有一笔住房公积金，可以取出来的。以后如果是读书的话，可以用得着。我对他说："高升了可不要忘了我们哦！"他说："不会的。"他答应以后保持联系。

　　时间过得真快！转眼之间，陈新华三年的博士学习就结束了。他获得了中南大学生物学博士学位。考虑到原来在桂林医学院工作过，而且专业对口，当时桂林医学院引进高级人才的待遇也比较好，陈新华博士权衡再三，决定还是回桂林医学院工作。不过，他这次不是当辅导员了，他去某学院当了生物学课程的专业教师。学校给了他数万元的住房补贴、几万元的科研启动经费。他的工作也比当辅导员轻松。

就在陈博士回桂林医学院工作后不久的一个傍晚，刘新栋老师突然对我说："卢老师，陈博说要我们去他办公室坐坐。"我说："好啊！"于是，我跟刘新栋一起去了他的办公室。他的办公室比较气派，有一张大办公桌、一台台式电脑、一部打印机、一个长沙发、几个文件柜、几把皮椅子，窗台上还有两盆花。他让我们两个人坐下，给我们每个人泡了一杯茉莉花茶。然后，他从一个挎包里拿出一大把高级牛奶糖塞给我们。此时，我心里已明白八九分。我问他："你是不是快结婚了？"他有些腼腆地笑着说："是的，快了。"我和刘新栋老师都说："祝贺你啊！到时我们一起去喝你的喜酒。"我提议看看新娘子，陈博士说："以后会看到的。"我又追问他："那你讲讲你的恋爱经历吧！"他有些不好意思地说："没什么可讲的。别人介绍的。她中学毕业后考了一所中专，目前在一家供电公司工作。"他接着又跟我们讲他可能去主持一个实验室，还可能申请一项国家自然科学基金。果然此后不久，他就去了。一年后，他结婚了。但不知什么原因，他并没有请我们几个原来的同事参加婚礼。两年后，我在学校的教职工科研情况展示栏中看到他申请到了一项国家自然科学基金，资助金额为三十万元。我真为他高兴。

时间一晃又过去了三四年。由于我忙于工作和学习，也就很少与陈博士来往。陈博士可能因为比较忙，也可能因为在不同的圈子，所以很少再跟我联系。大约2014年12月的一天，我去聂老师的办公室拿材料时，聂老师突然对我说："卢老师，你知道吗？陈新华得了直肠癌，大概只能活五六年了。"我猛然吃了一惊，说："不知道啊！他怎么会得这个病？他……身体还算好啊！"聂老师

说："我也是听别人说的。他一年前跟别人打球时老说小腹下面疼、腰子疼，但又不知道是什么问题。别人要他去医院检查一下，没想到检查出来是这样一个结果。医生说已经到了晚期了，但医生可能没把真实情况告诉他。目前，他刚在南宁做完手术，住在附院。"我说："那我们一起去看看他吧。"聂老师说："过年后再说吧，我现在有些忙。"

过完旧历年后，原来一起来桂林医学院的同事莫小琴、刘胜良（湖南郴州人，在学院做辅导员，后考上广西师范大学政治学博士，毕业后当专业教师）等也知道了这个消息，我们便约了刘新栋、朱四化（教育学硕士、学院学工办主任，江西修水人）一起去附院看他。我们每个人还准备了一个红包，里面装有两百元。我们到内科病房的时候，他正躺在床上，不能大声说话，眼神也有些黯淡。他刚做完手术，坐不起来，排泄要靠导管。看到他这样，我们的心里自然不好受，同时也感到了生命的脆弱，但我们还是只能尽力安慰他。刘胜良博士拉着他的手说："陈博，现在不要想太多，吃好睡好，积极配合医生治疗。"陈新华博士点了一下头，随后苦笑了一下。莫小琴问他："平时谁照顾你呢？"陈博士轻声说："请了一个人。"刘新栋老师在一旁说："陈博，你安心养病。"我和朱四化都说："陈博，祝你早日康复！"我们又跟陈新华博士聊了几句就告辞了。出电梯口时，刘胜良博士不无担心地对其他老师说："陈博病情本来就严重，现在又没人来照顾他。那个照料他的人是临时请的，相信也好不到哪里去。他父母已经过世了，老家只有一个哥哥在农村。他跟他老婆虽然结婚了，但目前并没有孩子，家庭关系不稳固，且他老婆比他小十岁。照目前他这个状况，他们的婚姻关系能否维持都很难说。唉，人生啊，就怕出现厄运，要是一切平安就好了。"我们虽然认同刘博士的观点，但我们也无力帮助陈博士，因为我们每个人都要忙自己的事情。我们仍然真诚地希望陈博士能挺过难关，尽快好起来。

不料，现实是如此残酷。就在我们集体去看望陈博士后还不到一个月，朱四化老师带来了陈博士去世的消息，并问我有没有空去参加追悼会。我的心头猛然一惊：一个优秀的生命就这样消失了吗？！医生不是说这种病手术后还可活三到六年吗？

追悼会上的一切深深地印在我的脑海里，以至于我几次想把它变成文字，既是思考生命的价值和意义，也是为了表达对朋友的怀念。今天，我终于了却了这个心愿。

清华园的秋天

一年容易又秋风。随着时间的不停流转,秋天又不知不觉地来到了人们的身边。然而,这个秋天却与以往有些不同之处,因为它是我在清华园里度过的第一个秋天。清华园的秋天有哪些特别之处呢?

首先,清华园的秋天是美丽的。清华园,本来就是清朝的皇家园林——圆明园的一部分,因此它的旖旎风光自然要优于别处。万泉河从它的中部流过,像一条玉带横贯半个清华园。万泉河的河水清澈而明亮,它的两岸种着许多高大的成排的杨柳。婆娑的柳枝随风起舞,掩映着小桥流水,成为这个园子里最亮丽的一道风景线。除了绿柳掩映的潺潺流水,清华园还有好几处荷塘。有一处就是现代散文家朱自清写《荷塘月色》的地方。那里有一座自清亭,还有装着红漆门的古典建筑风格的房子,正是水木清华所在。我去那里照相的时候,看到池塘里挺立着许多密密层层的荷叶,有些荷叶上还开着一两朵粉红色的荷花,真是美丽极了。我当时就把那个场景拍了下来。清华园里几乎到处都是树木,主要树种有松树、槐树、杨树、银杏等。那些树木多数高大而挺拔,有些高的有十多米,而且成排成排地矗立在道路两旁,给校园带来了一片片浓郁的绿荫。到了深秋的时候,那些梧桐树或者银杏树的叶子就会慢慢地变成黄色。秋风一吹,那些黄叶就打着旋儿,一片一片地掉到了地上。只有几天工夫,金黄的落叶就铺满了园子里的各条道路,它似乎在向人们宣告着秋天的来临。至于清华园的花草,更是随处可见。绿的有兰花草,红的有月季花,黄的有菊花,紫的有菖蒲等,还有其他各种颜色的叫不出名字的花儿。这些花儿大都种在花坛里、道路边或者教室旁。人们在不经意之间瞟它们一眼,就会有一种赏心悦目之感。清华园的建筑也是别具特色的。那些现代的高楼大厦自然不少,但最有特色的还是那些古典建筑。如清华园石牌、清华学堂、工字厅、古月堂、照澜院,以及王国维、闻一多、冯友兰、梁思成等名人故居等。在秋阳灿烂的日子里,到这些地方去转一转,拍几张照片,实在是一件十分惬意的事。

其次,清华园的秋天是忙碌的。在这个中国最高学府,总共有本科生、硕士生、博士生、留学生等各类学生三四万人,还有一些老师和施工的建筑工人等。尽管清华园的面积也不算小,但这么多人生活在这里,还是有些繁杂和拥挤。清晨的时候,园子里的人们总会被一阵阵自行车的铃声唤醒。那串串铃声,似乎在预告着新的一天的来临。大部分学生起床后,会骑着自行车去食堂排队吃早餐。吃完早餐,他们会急匆匆地背着书包,赶到教室去上课。这时,通向三教、六教等几栋主要教学楼的道路上呈现出一派拥挤、热闹、壮观的景象。只见一辆接着一辆的自行车组成一个横排,如同潮水一般一波又一波地向前涌去。新民路、学堂路等处常常被挤得水泄不通,交通堵塞是很常见的事。学生们好不容易把自行车骑到教室附近,还得找个地方停放车子,但他们常常找不到车位,因为自行车实在太多。因此,那些自行车便被摆得满地都是。这是不是也是这个园子里一个独特的景观呢?摆放好自行车后,学生们才匆匆忙忙地赶到教室。不一会儿,上课铃响了,学生们开始上课了。有些学生课程比较多,他们常常在这个教室上完两三节课后还要跑到另外一个教室再上两三节课。白天偶尔没有课的时候,他们一般也会去图书馆或者自习室看书。到了晚上,有课的同学还得去上课,没有课

的学理工的同学则要去实验室做实验。总之,从早到晚,清华的学生都是很忙碌的。学生们来到清华园的时候,绝大部分是在秋高气爽的9月。在这个金色的阳光洒满校园每一个角落的季节,他们怀揣着梦想和希望来到了清华园。他们也在这里体会到了清华的校风,那就是:爱国奉献,追求卓越。因此,他们忙碌是正常的。只有在这里学好了知识和本领,他们才不会辜负这美好的秋光,才能在将来担当起祖国和时代赋予的重任。

再次,清华园的秋天是多彩的。在这个园子里,学生们除了学习、看风景,还可以参加各种活动。9月新生开学以后,学校一般都要举行一次开学典礼,本科生和研究生的开学典礼一般分开进行。在开学典礼上,党委书记和校长总是用他们热情洋溢的讲话勉励清华学子发奋学习,求实创新,为国家多做贡献。开学典礼过后,有些院系还会组织各种迎新晚会欢迎新同学,让他们充分感受到这个大家庭的温暖、和谐和活力。9月底的时候,研究生运动会开幕了,运动场上的呐喊声和乐曲声给昔日宁静的校园增添了许多乐趣。而荧光夜跑活动使得清华园的秋夜变得更加绚丽多姿。新学期伊始,各种社团的招新活动也全面启动了。什么音乐协会啦、舞协啦、摄影协会啦、书法协会啦,甚至帆船协会啦,等等,都集中在一天时间在紫荆园的校道上拉起横幅招收新会员。一时间,紫荆园的校道上人山人海,报名者络绎不绝,场面十分热闹。到了艳阳高照的10月,同学们会发现,学堂路两边的巨幅广告和海报渐渐多了起来。广告和海报上的信息内容不一,有舞会通知啦、讲座预告啦、招聘会通知啦、音乐会抢票啦等等,只要是有兴趣有空闲的同学都可以去参加。

啊!时间过得真快。忙忙碌碌之间,我来到这个园子里已有两个月了。进来的时候是秋高气爽、遍地绿荫的9月,现在,已经到了落叶飘零的深秋了。天气也渐渐地变得凉寒起来。我对这里的一切渐渐地熟悉了。

这是我在这个园子里度过的第一个秋天,这个秋天对于我之所以特别有意义，那是因为我在经过了长期的奋斗之后，终于考上了中国最高学府的博士，实现了自己多年以来的愿望。人们常说，秋天是收获的季节。不是吗？在清华园的秋天里，我收获了人生最甘美的果实，开始了人生新阶段的新生活。我想：我要珍惜现在的一切，争取能有更美好的前程。

我爱清华园的秋天。我愿清华园美好的秋色、忙碌而又多彩的生活长留心间。

作于2015年秋，初发于《草根叙事》微信公众号

我的老师宋景堂博士

在我的成长道路上,有一个人曾经对我产生了比较大的影响。他就是我的老师宋景堂博士。

宋景堂博士是我初中二年级时的历史老师。不过,他那时还没有读博士,大概是从某一个师范学院毕业后来我当时就读的白水中学教书的。他的老家就在本镇的大塘村,那个地方叫宋家大屋,住的都是一些姓宋的人。宋老师是家里的老大,下面有一个弟弟。他家门前有一条沙石公路,大约是20世纪80年代修的。这条公路一直从白水通到古培镇,再到县城。我外婆家也在大塘村。去我外婆家就要走这条公路,而且要经过宋老师家门前,向北走四五里地才能到。宋老师家门前不远处还有一个镇上办的机瓦厂,主要生产红砖、屋瓦等,老远就可以看到它里面那几个高大的红色烟囱。舅舅曾告诉我,宋家大屋那一带出人才呢。有个老红军叫袁福清,中华人民共和国成立后当了湖南省交通厅厅长、省政协副主席。他在宋家大屋的入口处还立了一块碑呢。宋老师家对面有一个在汨罗一中读书的高三学生被保送到清华了,还有就是宋老师自己了,他是远近闻名的北大博士。至于考上一般大学的,宋家大屋那里还有好几个。

我上初二时,正逢全省的初中史地会考。对于历史这个科目,我小时候就很喜爱。小学时，我喜欢看一些关于历史的连环画，如《东周列国志》《保卫延安》之类，也喜欢看历史教科书中关于红军反"围剿"的故事，古代的战争故事如桂陵之战、淝水之战、官渡之战等。我最反感的是那种认为历史、政治等文科课程完全靠死记硬背的观点。历史怎能死记硬背呢？它有着鲜活的血肉，它的人物都是在某个历史时期曾经生活过的，它的故事大都是实际发生过的。因为我喜欢这门课程，所以学起来就比较轻松。

宋老师给我们上历史课有他的一些独特的方法。除了与其他老师一样的照本宣科外，他会给我们编一些顺口溜，有助于我们记忆。如他讲到美国南北战争的起止年月时，就把1775年说成是"一起起舞"，把1783年说成是"一起爬山"，惹得我们大笑不止。我不知道宋老师大学时是不是学的历史专业，但他的历史课还是讲得比较好的，我们也比较喜欢听。他那时戴着一副眼镜，留着一头短发，上身穿一件红黑相间的夹克衫，下身穿着一条黑色的长裤，脚蹬一双皮鞋，讲课的时候笑眯眯的。他的书法也很漂亮，黑板上的粉笔字个个都写得工工整整。为了调动同学们学历史的兴趣，他还会搞一些历史知识竞赛之类的活动。他亲自当评委并给同学们打分，获奖的同学每人都会得到一个精美的笔记本。

在他的精心教导下，我们班的历史成绩突飞猛进。在第二个学期的会考中，我们班的通过率达100%，大大超出了许多老师的预料。我的历史成绩更是名列前茅，得了最高分九十八分。宋老师很高兴，也因此关注了我。他还特别奖给我一个笔记本，并用钢笔写下了这么几行字：奖给在××年历史毕业会考中荣获第一名的卢晓霞同学，希望你再接再厉，勇攀高峰。下面落款是他的名字和日期，旁边还盖了他的私人印章。他的钢笔字苍劲有力，令人羡慕。我起初一直把这个特殊的笔记本保存着，因为它是宋老师对我的鼓励和鞭策，但后来还是不慎遗失了。我感到很可惜。

史地毕业会考后，临近放暑假的一天傍晚，宋老师突然跟我的班主任余卫勇

老师来我家做家访。当时天色尚早,太阳还没有落山。他们是骑自行车来的,还说一路上问过好几个人才问到我家的具体方位。我们一家人正在地坪里吃晚饭。父亲见是老师们来了,连忙放下饭碗给他们拿烟,他们说不抽烟。我立即一路小跑到屋里拿来两把椅子给两位老师坐,并向他们问好。母亲则回屋里给两位老师泡了茶。两位老师坐下来以后,仍要我们一家人继续吃饭并跟我们闲聊。余老师跟父亲讲了我在学校的情况,说我人比较老实,平时遵纪守法、尊敬老师、团结同学、乐于助人、学习勤奋、成绩较好,是考大学的好苗子,但有时也贪玩,一手字写得不像样,希望家长督促一下。宋老师告诉我父亲这一次史地会考我历史科得了第一的喜讯(其实地理科我也是名列前茅的),并就我考中专还是考高中的问题征询我父亲的意见。宋老师当然希望我考高中并上大学,但当时农村家境较为困难的许多农家子弟一般会选择考中专,从而减轻家里的经济负担。我父亲是一个深明大义的人,他对宋老师说:"中专也可以让他考一下,还不一定能考上呢。高中的话,他考上了肯定会让他去读。"我们吃完饭,又跟两位老师聊了一会儿。后来看看天色不早了,他们便告辞了。我和父亲一直把他们送到村口,内心充满了感激。

  宋老师不仅关心学生的学习,自己也很爱学习。记得他给我们上历史课的时候,他就跟我们讲某历史人物曾经考中进士,做过宰相;谁曾考中举人,做过县长或督学。有时他又话锋一转,讲哪个年级的同学如何努力学习,考上了中专;哪个年级的同学发狠读书,考上了县一中,等等。他这样做是为了给我们树立榜样意识,而他自己也成了我们学习的榜样。历史课本的内容讲完后,他就让我们自习,如果有问题也可以问他。他则坐在讲台后的一张椅子上或者坐在某张空座位上陪着我们。有时候他也会拿着一本书看,但我们不知道他看的是什么书。有一次,我留心观察了一下,发现宋老师在看一本英汉词典并且用笔在书页上画了许多横线。还有几次,我去他办公室交历史作业时,他正一个人低头看书,甚至我走近了他的办公桌,他都没有发觉。我只好大叫一声:"宋老师,我来交作业啦!"宋老师一愣,忙用手推了推眼镜,笑着对我说:"原来是卢同学来了。"我问他在看什么书,他却避而不答,只是说:"我的书你们看不懂。"我后来才知道,他那时正准备考研呢。

一年以后,喜讯传来,宋老师考上了研究生。那时候我已经初中毕业了,考上了县里面的一所高中,我和宋老师的接触也少了,但我还是为宋老师高兴,因为他对我有过鼓励和鞭策,因为他是我学习的榜样。那一年,我去县城读高中,宋老师则去读研究生了。

时间过得很快,一晃三年过去了。我高中毕业后考上大学,来到一所地方专科学校的中文系读书,却意外地从一个在该市读师专的同学处得知,宋老师在师专教书。我想:这可真像小说里写的"无巧不成书"呀!那个同学还告诉我,宋老师教的是政治,一周只有两次课,但可能还在教其他班级。那个同学对我说:"宋老师文质彬彬,上课风趣幽默,课后却不修边幅。我有好几次在校园里的小路上碰到他时,他穿着一件夹克,背着一个牛仔袋,看起来像个商人。我还听别人说他在考博士。"这个同学的话勾起了我对宋老师的回忆。于是,我决定抽空去拜访一下他。但我那个师专同学说,他不住在学校,尽管他在学校也有房子。他住在他老婆那里,他老婆在市医院上班。我便要我那个师专同学再帮我打听一下宋老师的地址。可是,直到两年后,我才打听到宋老师的住址,那时,我已经快大学毕业了。而且,宋老师又有新的喜讯传来,他考上了北大哲学博士。这在当时的地方师专无疑是一个比较大的新闻。于是,我决定无论如何都要去拜访一下他。

大约是一个星期天的下午,我买了点水果,来到某市立医院职工宿舍,敲了敲宋老师家的门。我问:"请问宋老师在家吗?"一会儿,门开了,宋老师熟悉的面容出现在我眼前。我叫了一声宋老师并问他是否还记得我,他略微思索了

一下,说:"记得。"我说:"听说您考上了北大博士,我向您祝贺。我是来您这里取经的。我现在拿本科文凭考研都觉得难,而您却考上了北大博士,真了不起呀!您指导一下我吧!"宋老师对我说:"你还年轻,只要你努力学习,将来也可以考上研究生,考上博士。你外语怎么样啊?外语对考研很重要,差一分都不行。"我回答说:"外语一般般吧。考过一次六级,还差四分没过。"宋老师随后把我请进屋内,给我泡茶并拿出一些瓜果零食来招待我。我们继续聊天,宋老师关切地问我的学习和家里的情况。末了,他说:"你晚上就在这里吃顿便饭吧。"我想推辞,他却态度很坚决地让我不要客气,我只好留了下来。于是,我帮宋老师洗菜、切菜。一会儿,宋师母下班回来了,我向她问好,三个人一起做了一顿饭。席间,宋老师又取出两个杯子,拿出两瓶啤酒,一定要跟我喝两杯。盛情难却,我只好陪宋老师喝了几杯。我向他表示祝贺,他也不断地鼓励我。宋师母在一旁说:"你宋老师考上了北大,他们师专还不肯放人呢,还说只能读在职的。直到来了通知,他们才改变态度。"从师母的话中,我体会到了宋老师求学的不易。吃完饭,宋老师把我买来的水果如数还给了我,他说:"你还是个学生,这些东西你自己拿回去吃吧。以后来就不要买东西了。"我说了声谢谢,就带着那些买来的水果离开了宋老师家。

大学毕业后,我被分配到一个偏远的乡镇。那里条件艰苦,工作繁忙,待遇也不怎么好。我跟宋老师也失去了联系,但他发奋学习的精神和事迹深深地影响着我。闲下来的时候,我就看书复习,决心向宋老师学习,通过考研求得出路。然而,生活的道路并不平坦,这期间也经历过一些艰难曲折。经过自己的不懈努力,三年以后,我终于考上了广西师范大学的研究生。

大概我读研一时的那年寒假,我去给外公拜年的时候,舅舅告诉我宋老师博士毕业后留在了北京,在人民教育出版社工作,宋师母也跟着调了过去。舅舅还告诉了我宋老师新的手机号码。于是,在某个下午,我拨通了宋老师的手机。我向他问好并询问考博的一些经验和方法，他说没有特别的方法，关键在自己的努力，而且专业不同方法也会千差万别。尽管如此，我还是向他道了谢并下决心默默地为考博努力。但考博的难度远远超过了考研，也超过了我的想象。硕士毕业后的两三年下来，几乎是次次失败，不但好学校考不上，考地方院校有时甚至会考得更差。那种情形，真叫人有欲哭无泪之感。痛苦时时噬咬着我的心，多少次我打算放弃，然而一想到宋老师能考上北大博士，我的劲儿又不知从哪里来了。我决心要跟命运拼一拼，决心要向宋老师学习。于是，我又拿起书本，重新复习，继续奋斗。

经过多年的努力奋斗，我终于考上了清华大学的博士生，来到了北京。到北京后不久，我就联系上了宋老师并向他报告了我的喜讯。他很高兴，说有空的时候来看我并请我吃饭。可是，因为他忙，我们至今未见一面。不过，我并不在意这些。在我的心中，宋老师一直是我的偶像。我之所以能有今天的成就，与他的教育和影响是分不开的。尽管他只教过我一年的历史课，但他永远是我的老师，永远是青年学子学习的榜样。

现在，我还要向他学习，争取顺利完成学业，能有一个更美好的未来。宋老师，我人生道路上的引路人，我期待着与您相见的那一天。

2016年7月10日上午12点

本文初发于《北大清华讲座》微信公众号，阅读量过四千

史迹咏怀

西仓坡

今年3月，我去云南出差，住在云南大学附近解放军某部招待所，闲暇的时候经常去附近走一走。作为一名研究中国现当代文学的学者，我一到昆明，脑子里就浮现出云南现当代历史上的一些著名人物及文化事件，如蔡锷、龙云、闻一多，西南联大、西南边疆诗群等。四季如春的昆明也确实与别处不同，日光强烈，天空湛蓝，时常还可以看到朵朵洁白的云彩。

一天中午，我沿着文林街漫无目的地走进一条叫钱局街的小巷。这条小巷通往翠湖北路，是一段下坡路。小巷两边是低矮的居民楼，还有几个小饭馆，与别处也没有什么两样。但是走了五六十步的时候，我突然发现右边拐角处有一个铁制的路牌，路牌上写着"西仓坡6号"五个白色大字，下面是一行白色的小字：闻一多旧居及殉难处。我心里一惊，猛然想起来了，西仓坡不就是现代诗人、西南联大教授闻一多殉难的地方吗？原来就在这里，真是太凑巧了，有时候想找还找不到呢！我竟然偶遇了它。再看看路牌，只见下面还有一段文字介绍：清道光八年（1828年）在此建太平仓（俗称大西仓），清末，改称西仓坡，沿用至今。坡西头原是西南联大宿舍，闻一多先生曾在此居住。1946年7月15日，闻一多先生被国民党特务杀害于坡头，在殉难处立有"闻一多先生殉难之处"大理石碑，为

昆明市重点文物保护单位。于是，我怀着崇敬和沉痛的心情，沿着路牌指示的方向，来到闻一多故居。

走过一段小巷，我就看到一个用水泥围成的长宽约一米的土堆。四方土堆中间有一块石碑，正面刻着"闻一多先生殉难处"，背面刻着中国民主同盟云南省委1986年7月撰写的闻一多殉难经过。正对着石碑的西面围墙上，用楷书刻写着闻一多《最后一次讲演》中的一段著名的话："人民的力量是要胜利的，真理是永远存在的。历史上没有一个反人民的势力不被人民毁灭的……"闻一多讲演词旁边刻写着几行大字体草书，录的是南宋词人李清照的一首叫《夏日绝句》的诗："生当作人杰，死亦为鬼雄。至今思项羽，不肯过江东。"我想，用这首诗来形容闻一多的精神和品格，是最恰当不过的了。

石碑的东北面是一座石砌的小亭子。北面围墙上刻着我们曾经在书本上见过的闻一多的儿子闻立鹏所作的一幅画：戴着眼镜的诗人拿着烟斗，微笑着凝视前方。东面围墙上则有昆明市人民政府1983年刻写的闻一多情况简介及故居保护范围。大意是闻一多在西南联大任教期间居于此处，1946年7月15日因积极参加民主运动被国民党特务枪杀于住所门外偏东三米处。故居保护范围以纪念碑为中心，正背两面延长三十米，左右宽四米，南至省物资局围墙，北至云南师大幼儿园大门。

抚摸着宽厚的石碑，回想着烈士的事迹，我不禁心潮澎湃、感慨万千。作为一个研究中国现当代文学的学者，我对闻一多的诗歌及事迹是熟悉的。前几年还写过一篇关于闻一多爱国主义诗歌的评论文章，对他的爱国主义精神和勇于献身的精神表示钦佩。今天重新瞻仰烈士的遗迹，更使我受到了切实的教益。近现代的中国，由于帝国主义的入侵和反动统治者的无能、暴虐，人民饱受苦难。但真正关心国家民族命运和同情人民苦难的人，又有几个？闻一多就是现代中国知识分子中爱国爱民的杰出代表。他曾经对华罗庚说："这些年我们亲眼看到国家糟到这步田地，人民生活得这样困苦，我们难道连这一点正义感都不该有？如果我们不主持正义，便是无耻、自私！"他勇敢地站了出来，发出了代表历史、正义、真理和最广大人民利益的呼声，抨击国民党抗日不力、上层军官虐待士兵和平民，贪污腐败，发动内战，施行特务统治等罪行。这种行为当然不为反动统治当局所容忍，于是他们采取最原始、最野蛮的手段残忍地杀害了他，还煞有介事地展开调查和缉凶。由于被杀害的是著名的文化人，闻一多被杀事件曾引起过国际关注。正如闻一多在讲演词中所说的："人民的力量是要胜利的，真理是永远存在的。历史上没有一个反人民的势力不被人民毁灭的……"闻一多被害两年后，人民解放军占领南京，宣告了国民党统治的覆灭。闻一多为民请命和勇于牺牲的精神，永远值得我们崇敬和纪念！我认为闻一多后期的行为与他早期的爱国思想是有一致性的，尽管他参加过新月派的一些活动，但楚文化的熏陶，尤其是屈原的诗篇和人格深深地影响了他，而现代中国的现实又使他无法逃入艺术的象牙之塔，所以他的选择带有历史的必然性。尽管六十多年前，就在这个地方，一颗罪恶的子弹夺去了他的生命，他却因此获得了永生。闻一多也将与屈原、文天祥这些他所敬爱的历史人物一起，永远镌刻在史册上。

今天，我们仍然要学习闻一多先生这种忧国忧民的爱国主义精神，关心祖国的建设和发展，关注广大人民的生存状况，为中华民族的伟大复兴贡献自己的一份力量。

约作于2013年，初发于《梦笔文学》微信公众号

寻访西南联大旧址

今年3月，我去云南出差。作为一名研究中国现当代文学的学者，我对抗战时期曾西迁昆明，由北大、清华、南开三所著名大学组成的当时最高学府——西南联合大学也比较关注。抗战胜利后，这三所大学又迁回了原地。可是，在昆明难道就没有它的遗迹吗？教职工和物品可以迁走，但校舍总还会存在一些吧？那么大的一个学校在这里办了七八年学，总会有一些东西留存吧？

带着这些想法，我在昆明城里试图寻访当年的西南联大旧址。而我在闻一多殉难处（有一天散步时偶然发现的）了解到，闻一多殉难处离他的住所不远，他的住所就是当时的西南联大宿舍。因此，西南联大旧址应该离西仓坡不远，可能就在西仓坡附近。但是，现在的西仓坡附近南面是翠湖公园，北面到处是高楼大厦、低矮的居民楼和云南大学，哪里还有西南联大旧址的影子呢？难道云南大学就是西南联大的旧址？那也不可能。云南大学20世纪30年代就存在了，西南联大成立的时候，云南大学也在独立办学。1940年的"战国策派"之争，有一个叫林同济的教授就是云南大学的，而不是西南联大的，陈铨却是西南联大的，因此，它们应该是两个学校。那么西南联大旧址到底会在哪里呢？我通过网络搜索，终于找到了相关信息：西南联大的旧址在现在的云南师范大学。

云南师范大学坐落在云南大学北面，离西仓坡也很近。这里原来是西南联合大学师范学院，20世纪50年代初改称昆明师范学院，20世纪80年代初改称云南师范大学。于是，我怀着十分崇敬的心情，来到云南师范大学寻访当年的西南联大旧址。

一走进云南师范大学的正大门，就看到东侧墙上有全国政协副主席、中科院院士朱光亚题写的几个楷体大字："中国历史名校，国立西南联合大学旧址。"啊，西南联大旧址，我终于找到了你，心里真高兴。

走进云南师范大学校园，我看到许多古旧的建筑，还有一些新盖的高楼。我想，那些古旧的建筑应该就是当年西南联大的教室或宿舍吧。我在校园里到处转悠，试图再发现一些西南联大的历史遗存，终于在校园东侧发现了几个古旧的操场和一块国立西南联合大学纪念碑。从纪念碑背面的文字介绍中，我了解到，这块纪念碑立于抗战胜利后，北大清华南开复校，西南联大撤销之时。由当时的西南联大文学院院长冯友兰撰文，系主任罗庸书写，被称为"三绝"碑。纪念碑碑体高大，气势恢宏，具有较高的艺术、历史和文学价值。碑上还记载着西南联大从军学生姓名，总共八十三人，但实际人数远远大于这个数字。在纪念西南联大建校五十周年之际，此碑再次复制于北大勺园内，时年九十四岁的冯友兰先生亲自为复制碑揭幕并对记者说："西南联合大学之始终，岂非一代之盛事！联大精神仍应弘扬光大之！"从纪念碑的制作过程和经历，我们可以看到一代学者对西南联大精神的怀念。为了更进一步了解抗战时期的西南联大的历史，我走进了云南师范大学校史馆。

从云南师范大学校史馆的图片和文字介绍中我对西南联大有了更深入的了解。西南联大的前身于1937年9月成立于长沙，叫长沙临时大学。由于日寇的步步进逼，长沙临时大学迁往昆明，更名为国立西南联合大学。西迁师生分两

条路线前往昆明：一部分师生经京广铁路至广州转香港，乘船到越南海防，经滇越铁路到达昆明；另一部分师生组建湘黔滇旅行团，风餐露宿、跋山涉水，经陆路到达昆明。从1938年5月4日开始上课，至1946年5月4日宣告结束。西南联大在昆明设有文学、法商、理科、工科、师范五个学院二十六个系，前后共有学生8000余名，是当时国内最大的高等学府。在抗日烽火中诞生的西南联合大学，办学条件极其艰苦，所有的校舍都要靠租赁。为了防止日军空袭，校舍一律建成平房，学生宿舍则一律为土墙茅草顶。空袭警报一响，师生们往往顾不上上课，都挟着书本，慌慌张张地去钻防空洞。就是在这样艰苦的环境中，西南联大在九年时间里却创造了中国现代教育史上的奇迹，进入具有世界水平的一流大学之列。教师队伍人才济济：人文社会科学方面有朱自清、杨振声、罗常培、冯友兰、王力、吴晗、金岳霖、钱锺书、费正清等教授；自然科学方面有华罗庚、周培源、赵忠尧等教授。据统计，民国时期中央级官员中，西南联大教授有二十六名，占31.2%。从西南联大也走出了很多杰出的人才，如人文社科方面的任继愈、朱德熙、王佐良等。从文学方面来说，西南联大的师生队伍阵容也十分强大，如闻一多、沈从文、冯至等著名教授、作家，汪曾祺等著名小说家与以穆旦等为代表的九叶诗人等。联大还有不少学生参加抗日远征军，到缅甸抗日。抗战胜利后，国民党反动派发动反共反人民的内战。为了制止内战的发生，西南联大师生先后举行了罢课和"一二·一"反内战大游行，昆明各校师生群起响应，在全国造成了很大的影响。国民党当局出动大批军警、特务打死打伤十多名西南联大学生，造成"一二·一"大血案。1946年7月，国民党特务还在昆明暗杀了民主人士李公朴和爱国诗人、西南联大教授闻一多，造成李闻血案。西南联大师生爱祖国、争民主的斗争，可歌可泣，永垂史册。

　　从云南师范大学的校史馆出来，已经是夕阳西下了，但我内心是十分充实、激动的。我为西南联大曾经培养了这么多杰出的人才而自豪。我想，我们今天的大学教育仍然应该弘扬这种爱国、科学、民主的联大精神，才能更好地为中华民族的伟大复兴提供人才保障和智力支持。

约作于2013年，初发于《行参菩提》微信公众号

参观广州起义烈士陵园

去年4月初,我有事去广州出差,顺便参观了广州起义烈士陵园。

广州起义烈士陵园坐落在广州市中山路二号的红花岗上。在地图上查找到它的大概位置以后,我就坐地铁来到烈士陵园站。出了地铁站,我就看到了那座石牌式的高大园门。园门正中间一块两米多高的石牌上,镌刻着"广州起义烈士陵园"八个红色大字。据说,这八个大字还是1957年建园的时候,由当时的国务院总理周恩来题写的呢。

我快步走近园门。在园门入口外,看了看贴在墙上的游客须知,了解到入园参观是免费的,于是,我就提着旅行物品,大步走向园内的大理石陵墓大道。从陵墓大道向前望去,可以看到二三十米远处有一座高耸的广州起义纪念碑巨型浮雕。大道两边有十多个花坛,正在盛开着象征烈士精神的红色花朵。陵墓大道的外侧种植着许多高大挺拔、郁郁葱葱的苍松翠柏,它们使陵园显得庄严肃穆,也象征着烈士精神万古长青。

宽阔的陵墓大道上行走着七八个带着雨伞、挎着旅行包的游客,看样子也是来这里参观的。在陵墓大道右边的一块指示牌上,我查看了一下园内的主要建筑,有辛亥革命红花岗四烈士墓、叶剑英墓、广州起义纪念碑、广州起义烈士墓、"血祭轩辕"纪念亭等。

我决定先看位于陵墓大道右侧的辛亥革命红花岗四烈士墓和叶剑英墓。走上十多级台阶，我看到一块方形大石碑，大石碑正面用繁体字刻着辛亥革命红花岗四烈士的生平。那些繁体字比较难认，石碑又高，所以一般人看不太清楚碑文的内容。大石碑后面是一个圆形大土丘，我想，那可能就是四烈士的坟地吧。刚过清明，在坟地的前面还可以看见一两个花圈。

穿过四烈士坟地，我来到一个环境优美、树木参天的小园子。这个小园子的四周安放着多尊广州起义主要领导人的半身塑像。这些塑像都是用大理石制成的，坚硬而光滑。每尊塑像前面镌刻着领导人的姓名及生平，有张太雷、叶剑英、苏兆征等。

看完这些大理石塑像后，我顺着林荫小路旁的指示牌继续往山坡上走，终于找到了叶剑英的墓地。叶剑英墓地后面的一块大石头上镌刻着他的巨幅半身画像，与我们在照片上看到的十分相似。画像下面写着他的生卒年（1897—1986）。叶剑英是广东梅县人，早年入黄埔军校，受到校长蒋介石的器重。但蒋介石叛变革命后，叶剑英毅然决然加入中国共产党并参与领导了广州起义。广州起义失败后，叶剑英大难不死，后来进入江西中央苏区，担任红军总参谋长。长征途中，叶剑英与机会主义分子张国焘进行了机智而巧妙的斗争，最终使毛主席和中央红军摆脱了张国焘的控制，转危为安。毛主席曾写诗称赞他，其中广为流传的是这么两句："诸葛一生唯谨慎，吕端大事不糊涂。"1955年，叶剑英因功勋卓著被授予元帅军衔。在"文革"的那些岁月里，叶剑英始终站在正义和真理的一边，与"四人帮"进行了针锋相对的斗争。因此，他和李富春等老一辈革命家曾被诬为"二月逆流"。叶剑英最伟大的功绩是在1976年前后，跟邓小平、华国锋一起推翻了"四人帮"，从而结束了长达十年的"文革"动乱，使党、国家和人民获得新生。叶剑英的诗文也写得好。我曾经背诵过他晚年写的一首叫《攻关》的诗："攻城不怕

坚,攻书莫畏难。科学有险阻,苦战能过关。"还有一首古体诗我忘了它的名字,只记得后面一句:"老夫喜作黄昏颂,满目青山夕照明。"叶剑英一生的经历我大略知道的就是这些。现在,站在这位伟大的无产阶级革命家的墓前,我的内心充满了崇敬。于是,我向叶帅画像和陵墓深深三鞠躬。

看完叶帅墓地后,我顺着林荫小道又走回陵墓大道,并且沿着石阶继续向上攀登。大约走过了两段石阶,我终于来到广州起义这块巨型石碑前。我看到纪念碑的正面镌刻着邓小平手书的"广州起义烈士永垂不朽"十个金光闪闪的大字。纪念碑的四面是四幅表现广州起义准备、发动、经过等不同场面的巨型浮雕。其中一幅浮雕上刻有一尊大炮,几个颈上系着红带子的起义军战士手里拿着步枪正在跑步前进。另一幅浮雕上刻着一张方桌,方桌上点着一盏油灯,油灯旁边站着的一个身材高大的起义军领导人正指着地图对桌旁的几个士兵、工人、农民代表说着什么。我想:这幅浮雕上刻的大概是当时广州起义的指挥机关吧。

看完广州起义纪念碑,我来到位于纪念碑东面的一个巨大的圆拱形烈士陵墓。这是一个集体墓葬,墓冢直径有四十米,高约六米,陵墓外面的土堆上长满了茂盛的青草。墓冢四周是一圈围墙,均由花岗岩砌成。围墙墙体中镶嵌着四十多根白玉石栏杆,每根栏杆上坐着一只仰天欢笑的小石狮子。墓冢正面一块特大的青石板上镌刻着朱德元帅题写的"广州公社烈士之墓"八个大字。在墓冢的东面墙上,镌刻着广州市人民政府1987年12月11日题写的广州起义碑记,大意是:为反抗国民党的疯狂迫害和屠杀,1927年12月1日凌晨,当时的中共广东省委书记张太雷和叶挺、叶剑英领导发动了广州起义,崔庸健等一百多名朝鲜人和苏联驻广州领事馆人员也参加了起义。起义军占领了广州市公安局等重要部门,但由于敌强我弱,起义最终失败。在接下来的十四日至十九日的六天时间里,有五千七百多名共产党员和革命群众惨遭杀害。中华人民共和国成立后,广州市政府在当年烈士牺牲的红花岗修建了这座具有民族风格的烈士陵园以作纪念。

对于广州起义的经过，我并不陌生，因为我曾看过欧阳山的长篇小说《三家巷》，其中就有对广州起义壮烈场面的描写。小说中的主人公周炳也参加了起义，他和他的队伍为掩护起义部队的撤退在珠江边上坚守了一个昼夜，打退了帝国主义军舰和军阀张发奎部的多次进攻。小说中对于一些女性壮烈牺牲场面的描写令人动容。这也许就是我一到广州就要去参观广州起义烈士陵园的原因吧。现在，暴虐和惨痛的历史已经成为过去，正是那些勇于献身的烈士们给我们带来了幸福安宁的生活，让我们再次向他们致以崇高的敬礼吧！于是，我向着烈士墓冢深深地鞠了一躬。

烈士墓冢的东面坐落着一个八角湖心亭，亭上悬挂着董必武题写的"血祭轩辕"牌匾。这座亭子是为了纪念广州起义后被俘牺牲的陈铁军、周文雍两位烈士而修建的。这两位烈士的名字我早就知道了，因为以前听说过一部电影叫作《刑场上的婚礼》，讲的就是这对情侣英勇就义的事迹。湖心亭东面还有中朝、中苏血谊亭，那是为了纪念支援广州起义而牺牲的国际友人而建的。

看完这些主要景点后，我沿着来路往回走，心情久久不能平静。这次参观使我受到了一次革命传统教育，懂得了革命的艰难和革命者牺牲精神的可贵，从而更加珍惜我们今天幸福安宁的生活。

2016年1月18日

本文初发于《行参菩提》微信公众号

广州近代史博物馆

广州近代史博物馆坐落在广州起义烈士陵园西面。去年4月初的一天下午，参观完广州起义纪念碑后，我顺着路牌的指示来到了广州近代史博物馆。

广州近代史博物馆是一座有中间大厅，绕以回廊，上面有两层楼房的罗马式建筑。博物馆正面的左边有一块黄褐色的长方形牌子，牌子上书写着馆名，馆名下方刻着题写人的姓名——叶剑英。馆门前最引人注目的是左右各斜放着一尊炮管生了锈的旧式大炮，大炮下面的一段文字向游人提示这是当年鸦片战争时期虎门炮台的海防大炮。正门右面的一块黑色石碑上刻着"全国重点文物保护单位——广州市谘议局旧址"，落款是：中华人民共和国国务院2006年5月25日公布。

走进正门，我看到内墙正面悬挂着"全国爱国主义教育基地"等闪闪发光的金黄色牌子。再往里走就是"近代广州"大型展览，既有实物、图画，也有光电模拟、文字介绍。展览分为两部分，第一部分的标题是"百年风云"，第二部分的标题是"日趋近代化的中心城市"。

"百年风云"展厅设于博物馆一楼，主要展示1840年至1949年间广州及附近发生的一系列重大的政治、历史事件。在第一单元"禁烟毒，反侵略"的标题下，我看到了林则徐虎门销烟的巨幅画像和三里元人民在"平英团"的旗帜下，手持大刀、长矛，英勇抗击英国侵略者的历史场景。我还看到了一些实物，如鸦片烟，"平英团"使用过的刀剑、锄头等。在第二单元"洪秀全早期的反清活动和康有为宣传维新变法"的标题下，我看到了广东花县（今广州市花都区）人洪秀全领导和发动金田起义，后来在南京建立太平天国的文字和图片介绍，还有洪秀全在乡间教私塾时用过的桌子和椅子，记载洪兵包围广州城的联升学社重修碑记等；在维新变法部分，我看到了关于康有为在南海开办万木草堂，宣传变法维新，培养了梁启超等一批维新人才并写下了大量理论著作的文字和图片介绍，里面还有康有为手书的一副对联："义在利斯长；德成言乃立。"在第三单元的"民主革命的策源地"标题下，我看到了孙中山等领导黄花岗起义的文字和图片介绍，以及黄兴为七十二烈士手书的对联、林觉民写给妻子的绝命书、同盟会会员吴世新为革命筹款的铁箱等。在第四单元"国民革命的中心"部分，我看到了毛泽东的出场、中共三大旧址、国民党一大礼堂开会情景的复原，以及沙基惨案的文字和图片介绍、振兴国货的瓷碗、抵制日货的传单、历史刊物《新青年》等实物。此单元复原的国民党一大礼堂开会情景给人以栩栩如生之感。接下来是"广州起义"部分，我在这里看到了广州起义的文字、图片和形势介绍以及起义领导人张太雷等人的照片。在第六单元"共赴革命，联合抗日"的部分，我看到了全国各界人士踊跃抗日的图片、日军轰炸广州的悲惨场面、国民党军队在广州北部山区抗击日军、中共领导的东江纵队开展敌后游击战争的文字介绍，以及"国立中山大学抗日先锋队"锦旗一面等。这个单元给我印象最深的是那幅在日机野蛮轰炸下许多无辜广州民众受难的悲惨画面。在那幅画面中，广州街头到处躺着缺胳膊、少腿、断头的老百姓尸体，尸体旁边是房子的残垣断壁。日寇的侵略给当时的中国人民带来了多么深重的灾难！所以，我们每一个中国人都不应该忘记这一段悲惨的历史，更不允许日本右翼分子对这段历史进行歪曲。在第七单

元"广州解放"的部分,展示有中国人民解放军的大炮、东江纵队的手摇电话、人民解放军进入广州的巨幅画面和《大公报》关于广州解放的报道等。

看完第一部分后,我沿着楼梯走上二楼,继续看第二部分——"日趋近代化的中心城市"。第二部分依次有"岭南文化中心""都市建设""南方商贸城市""近代工业的兴起"等六个单元的内容。在"岭南文化中心"部分,我看到了粤剧的各种服饰和当时人们结婚用的花轿、新娘戴的红盖头等。在"南方商贸城市"部分,我看到了旧式电话机、消防水枪、水上居民用的沙艇以及各种精美的瓷器、铜壶等等。"近代工业的兴起"部分则介绍了各种旧式织布机、风车以及洋务派在广州办的各种工厂。

走出广州近代史博物馆大门时,我发现太阳已经快要落山了。不知不觉中,一个多小时就过去了。

我一个人走在大街上,边走边回味着在博物馆看到的各种实物、画面和文字介绍,仿佛亲身经历了广州这个中国南方大城市在近代以来发生的各种重大政治、历史事件和社会变化,了解了历史的沧桑曲折,感受了中国人民勇于反抗侵略、追求新生活的勇气。对于我这个文化程度较高的知识分子而言,博物馆里的许多内容都是我耳熟能详的,这次参观只不过是实地体验一下罢了。但这次参观也开拓了我的视野,因为有些东西是书上无法见到的。看到今天的广州到处是高楼大厦,已经成为中国经济发展的火车头并率先实现了现代化,我不禁为广州人民富足安宁的生活而感到喜悦与自豪。

2016年1月19日

参观黄花岗七十二烈士墓

黄花岗七十二烈士墓园又称黄花岗公园,羊城八景之一,是为纪念1911年4月27日孙中山领导的中国同盟会在广州"三·二九"起义中的死难烈士而建造的,位于广州市越秀区先烈中路区庄附近。关于黄花岗七十二烈士的事迹,我也略知一二,因为中学历史课本上介绍过,而且高中语文课本上还节录了孙中山为七十二烈士写的《黄花岗烈士事略》一文。2015年4月初,我去广州出差,顺便抽空去参观了一下黄花岗公园。

走出黄花岗附近的地铁站后,我询问了好几个路人,才找到黄花岗公园。在公园门口,我看到一座高大的三拱式的仿凯旋门的钢筋水泥建筑,那就是公园的正门。正门坐北朝南,宽二三十米。正门上方的花岗岩石上,镌刻着孙中山题写的"浩气长存"四个金色大字,给人以气势磅礴之感。我从入口处的公告中得知参观是免费的,于是,我从正门旁边的侧门进入园内。进园后,展现在我眼前的是一条长长的宽阔的大理石墓道,墓道两侧各种着一排低矮的女贞树,墓道外侧到处是高大浓绿的亚热带常绿树木。宽阔的墓道上有不少游人,有些老游客在一旁观看拍照。我顺着墓道往前走,走了二十多米,看到两座石拱桥,石拱桥下是一条清澈的小溪,小溪里游动着许多各种颜色的鲤鱼。有几个游客还在石拱桥

边给那些可爱的鱼儿丢面包屑呢。走过石拱桥,再走上两级台阶,我终于来到七十二烈士墓前。

七十二烈士墓呈正方形,每边约有二十米,四周都用石头砌成,石头上方围有铁链栏杆。墓中有小亭子一座,小亭内立有一块墓碑,上书"七十二烈士之墓"。亭前右侧立有黄花岗七十二烈士之碑,碑上刻有烈士姓名:方声洞、喻培伦、林觉民等。左侧也有一块石碑,石碑上刻有后来发现的十四位烈士姓名。墓后是一座记功坊,坊身正面刻着"浩气长存"四个大字。坊顶中间是用七十二块长方形石块横列成山形的"献石堆",象征七十二位烈士。坊顶上矗立着一尊高大的手持火炬的雕像。

记功坊后耸立着一座高大的青石碑,名为"广州辛亥三月二十九日革命碑记"。碑文两三千字,详细记述了"三·二九"起义的经过、八十六位烈士就义的情形及陵墓修建的历史。

站在七十二烈士墓旁,我情不自禁地想起了孙中山在《黄花岗七十二烈士事略》序文中对烈士们的崇高评价:"然是役也,碧血横飞,浩气四塞,草木为之含悲,风云因而变色,全国久蛰之人心,乃大兴奋。怨愤所积,如怒涛排壑,不可遏抑,不半载而武昌之革命以成。则斯役之价值,直可惊天地、泣鬼神,与武昌革命之役并寿。"烈士们为推翻腐朽的清王朝,建立资产阶级民主共和国而英勇献身的精神永远值得后辈们学习!于是,我对着墓冢深深地鞠了三个躬。

在七十二烈士墓右侧,有一棵高大的松树,据说是孙中山先生亲手种下的。松树前面是七十二烈士遗骨的收殓者、同盟会会员潘达微先生1921年写的《自述》全文,详细记载了他收殓烈士遗骸的经过。

墓园的东北角还立有一些不大为人知的资产阶级革命家的陵墓,如中学历史课本上曾经介绍过的现代飞行家冯如之墓,烈士史坚如、叶少毅、翁飞龙、范明泰(越南)之墓等。

走出公园大门,已是上午10点多了,不知不觉中一个多小时就过去了,但我觉得这次参观是很有意义的,因为它使我重温了中国资产阶级民主革命的历史,也使我懂得了烈士牺牲精神的可贵。

本文初发于《行参菩提》微信公众号

毛主席纪念堂

　　四五年前初春的一天，我去北京出差，那是我第一次去北京。从小时候起，小学课本中出现的天安门、人民大会堂、人民英雄纪念碑、毛主席纪念堂等著名地标在我心中就成了北京的象征，在我的脑海中留下了深深的印象。因此，我一来北京就决定无论如何也要抽空去看一下毛主席纪念堂以偿夙愿。何况我跟毛主席还是老乡，我很喜爱他的诗词。

　　那天办完事以后，我便坐地铁来到了天安门广场。嗬！天安门广场真气派。广场北面是庄严雄伟的天安门城楼，1949年10月1日，中国人民的革命领袖毛泽东就在这座城楼上宣布中华人民共和国成立，中华民族从此摆脱了屡次被侵略被奴役的悲惨命运。天安门城楼后面是明清两代的皇宫，现在的旅游景点——故宫博物院。天安门广场东西两侧分别耸立着两座高大巍峨的建筑——人民大会堂和中国革命历史博物馆。毛主席纪念堂矗立在广场最南面，在人民英雄纪念碑以南。如果说天安门广场是中国的心脏，那么毛主席纪念堂恰好在这个心脏的最南端。我不禁赞叹毛主席纪念堂选址的科学和合理性，这个选址是多么巧妙啊！它说明了伟大的领袖在人民心目中的位置，表达了广大人民对革命领袖的无限爱戴。

看到不远处屹立在灿烂的阳光下、四四方方的庄严肃穆的毛主席纪念堂，我不禁心潮澎湃，连忙快步向纪念堂入口走去。在入口附近，我看到一些游客在买花，于是，我也买了一束，以表达对毛主席的敬爱。入口处的浏览指示牌上写着游客须知。我从游客须知里面得知参观是免费的，但因为游客多，需要出示有效证件和排队。我持着那一捧买来的花束，排在了一列参观队伍的最后面。参观人员来自五湖四海，大多数是中国人，也有金发碧眼的外国人，几乎每个人的手里都捧着一束鲜花。随着时间的推移，参观队伍在缓慢地前进。十多分钟之后，我随着参观队伍来到纪念堂的北大厅。

北大厅是瞻仰毛主席遗容前举行悼念活动的场所。北大厅中央有一尊三米多高的用汉白玉雕成的毛主席坐像。坐像上的毛主席面含微笑，端庄安详。坐像背后的墙上悬挂着一幅大型绒绣——祖国大地。由北大厅南侧的金丝楠木大门进去，即是瞻仰厅。这是纪念堂的核心部分，是安放毛主席遗体的地方。瞻仰厅正中的水晶棺内，安放着毛主席的遗体。身材高大的毛主席穿着灰色的中山装，静静地躺在水晶棺内。他的身上覆盖着一面鲜红的党旗，水晶棺座四周分别镶嵌着金饰党徽、国徽、军徽和毛主席的生卒年，水晶棺四周是万紫千红的花束。我怀着对毛主席的无限敬意，将手中的鲜花轻轻地放在水晶棺旁游客献花处，然后对着他的遗体深深地鞠了一躬。当我抬起头来时，我才注意到大厅正面的汉白玉墙上镶嵌着十七个镏金隶书大字：伟大的领袖和导师毛泽东主席永垂不朽。

瞻仰完毛主席的遗体，我来到东西两侧的老革命家纪念室。老革命家纪念室里主要陈列了毛泽东、周恩来、刘少奇、朱德、邓小平、陈云六位老一辈无产阶级革命家的生平事迹。走进六位领袖革命纪念室，观看着大量文物、图片、文献和书信等，我仿佛走进了火热的中国革命和建设年代，了解了老一辈无产阶级革命家探索中国革命和建设道路的艰辛历程和光辉业绩，还有他们全心全意为人民服务的崇高风范。

我刚参观完纪念堂，就看见迎面走过来一队少先队员，他们戴着红领巾整齐地站立在伟人雕像前，高声唱着少先队队歌："我们是共产主义接班人……"我和其他游客都停下脚步，专注地听他们唱歌。他们唱完后，我和其他游客都热烈地鼓起掌来。

南大厅为出口大厅。大厅北侧的汉白玉墙上，镌刻着毛主席晚年写的一首词《满江红·和郭沫若同志》。词的内容我们都较为熟悉："……天地转，光阴迫，一万年太久，只争朝夕。四海翻腾云水怒，五洲震荡风雷激。要扫除一切害人虫，全无敌。"该词抒发了毛主席和中国人民排除万难，进行社会主义革命和建设的坚定决心和豪迈气概。

穿过南大厅，就到了纪念堂的大门。大门正上方镌刻着"毛主席纪念堂"六个闪闪发光的大字。据工作人员介绍说，这六个字是当时的中共中央主席、中央军委主席、国务院总理华国锋题写的。工作人员还说，毛主席纪念堂的选址曾经有过四五个方案，但党中央最终还是决定设在天安门广场南面，跟国家的许多标志性建筑连在一起，方便人民群众参观。

走出纪念堂的大门，不知不觉就到下午4点多钟了，太阳渐渐地失去了它灼热的光芒，继续向西边滑动。我回头再看看纪念堂的周围，只见到处是苍松翠柏，环境相当优美。入口处许多旅客正在购买鲜花，然后排成一溜长队，缓慢地向瞻仰厅前进。看着眼前的情景，回想起刚才的参观经历，我不禁思绪万千。我想：毛主席逝世四十年了，还有这么多人怀念他。可见他的功绩和影响是多么巨大啊！现在，社会主义现代化建设取得了举世瞩目的伟大成就，我们后辈们要团结在以习近平总书记为中心的党中央周围，继承老一辈革命家的光荣传统，努力创造中华民族更加美好的未来。

2016年7月28日补记

参观毛主席故居

毛主席是中华人民共和国的缔造者，是影响中国和世界历史的一代伟人。自从上学以后，我就看到过许多关于毛主席的书。我的自考本科论文是论述毛主席诗词的意境美的。所以，我对毛主席的生平和事迹是有一定程度的了解的。尤其在考博的这些年里，我最喜欢看毛主席在井冈山和长征时期的电视剧，对他在困境中坚忍不拔的意志尤为钦佩。其实我很早就想去韶山了，也很早就背下了毛主席的《七律·到韶山》一诗，对其中的一句"为有牺牲多壮志，敢教日月换新天"尤为激赏。但由于种种原因，一直没有去韶山的机会和心境。

2015年6月下旬，清华大学人文学院终于公布了博士生拟录取名单，我名登金榜，自然无比喜悦。经过多年的努力，我克服了重重困难，终于有了现在的这个结果。尽管来得迟了一些，但终于还是来了，而且这个果实又大又红，怎么能不令我欢天喜地呢？去韶山的机会和心境终于来到了。我想到了毛主席《七律·到韶山》中的名句："为有牺牲多壮志，敢教日月换新天。"考上博士又意味着我将离开工作多年的桂林去北京求学。毛主席的故乡韶山正好处在我的家乡湖南汨罗和广西桂林之间，我决定无论如何都要去一趟韶山——尽管这个暑假很忙碌。因为我带了一个毕业班，学生毕业以后还要上报就业率，所以一直忙到7月

20号左右。接下来的几天,要修改我的第一部长篇小说,一直忙到月底。直到8月初,我才回老家休息了几天。回老家后我又接连走了几天亲戚,直到8月15号左右,我才从长沙搭乘大巴去韶山。那时离开学只有十天了,桂林还有些事没有处理完,时间仍然有些紧。

大巴车接近韶山的时候,我就看到公路旁边有多幅"我是主席家乡人,我为主席添光彩"的标语。韶山的地形以平原和低矮的丘陵为主,满目皆是青山绿水,确为一方宝地。大巴车在韶山市区停了下来。今日的韶山高楼林立,商业繁荣,行人众多。我刚下车,一个穿着T恤的中年男子便走过来问我:"你去毛主席故居吗?我是去毛主席故居专线客车的司机。你要去就快上车吧,票价五元。"于是,我和另外两名游客登上了这辆客车。客车载着我们缓缓地向韶山冲驶去,在崎岖不平的乡间柏油路上奔驰着,路边种着许多高大的树木,还有不少人家和稻田。我在沉思着,一代伟人毛主席从这里走向了长沙,走向了上海,走向了广州,走向了武汉、井冈山和延安,终于登上了天安门城楼,建立了中华人民共和国。十年后,他回家探亲,写下了著名的《七律·到韶山》,被后人广为传诵。今天我来到这里,不就是重温一代伟人留下的足迹和走过的道路吗?我反复地在心里默念着毛主席《七律·到韶山》的那几句"别梦依稀咒逝川,故园三十二年前……"

就在我低头沉思的时候,在一个三岔路口,司机突然对我们说:"你们下车吧,毛主席故居到了。不用买票,但可能要排队,因为人很多。"司机的话果然不错,我刚下车就看到马路旁边有许多游客,他们有些还举着小旗子,身旁停着好几辆旅游大巴,认真地听着导游的讲解。这些游客大多是旅游团的,但是,像我这样独自出行的散客也有不少,当然,更多的是一家人带着孩子出来旅游的。

按照路旁的指示牌,我沿着一条乡间柏油路来到毛主席故居旁边的私塾。这个私塾叫"南岸私塾",是毛主席少年时代读书的地方。私塾周围的环境相当好，左前方是一大块开满了荷花的荷塘，正前方是一块金黄的稻田，四周到处是高大的常绿树木。南岸私塾是一栋青砖砌成的古典式建筑，私塾正门上方挂着一块写着"南岸"二字的大匾额，正门两边写着一副"三湘七泽，惟楚有才"的对联。私塾的里里外外都站满了游客，我瞅准一个空当走进堂屋，看到堂屋里的墙上供奉着几个牌位，牌位上方的一块黑漆木板上写着"范阳堂"三个金黄色的大字。当我走进一间侧室时，看到正面墙上挂着一个孔子的木刻像，像上方挂着一块写着"温故知新"四个金黄色大字的黑漆匾额，两边的木板上写着《论语》中的两句话"学而不思则罔，思而不学则殆"。侧面墙上的一块展板上介绍了南岸私塾的历史沿革，标明毛主席的启蒙先生为邹春培。穿过侧室，就来到了一座天井。穿过天井，我来到另一间侧房。这间侧房的展台上摆着毛主席读私塾时用过的提饭篮、毛笔砚台、康熙字典等。走过这间侧房就是邹春培的休息室和毛主席当年读书时的教室。教室里的木地板、木课桌和木制长凳都保留着当年的原貌。

从私塾出来，我就看到了那一排参观毛主席故居的长队伍。于是，我也领了一张票，排在那支队伍的末尾。队伍移动得很缓慢，大约过了一个小时，我才跟着队伍到达毛主席邻居家的茅草房附近。从茅草房旁边的一块"故居说明"的牌子上，我了解到毛主席故居在1929年被国民党政府没收并遭到破坏，我们现在看到的故居是当地政府在1950年按原貌修复的。呈现在我眼前的毛主席故居只是民国时期一间普通的南方民房——土木结构，泥砖墙，青瓦顶，里面有堂屋、厢房等。正门上方的一块长方形黑漆匾额上题着邓小平写的"毛主席同志故居"七个金黄色的大字。这时，我身旁的许多旅客纷纷拿出手机拍照，我也用手机照了几张。

又过了几分钟，我终于跟着参观队伍走进毛主席故居的堂屋。按照毛主席故居说明文字的介绍，这间堂屋是毛主席家和他邻居家合用的。不过从外表来看，毛主席的家境要比他邻居好一些，因为他们家是瓦房。堂屋靠里墙的地方摆着一张方桌，方桌旁边放着几条木凳。方桌上方挂着一个木架子，上面放着神龛等物

品。看完了堂屋,我向左折进厨房。厨房里有一个大灶台,里面有三个小灶,每个小灶上都放着一口铁锅,铁锅上盖着木制锅盖。屋角有一口水缸,水缸边有一个靠墙的木制碗柜,碗柜旁边的土墙上挂着一个筷篮,屋中的一根木制横梁上还挂着一个小竹篮。穿过厨房后我来到一间侧屋,侧屋里也放着一张木制方桌,桌旁放着四条长凳。墙上的说明文字介绍道:"1910年秋毛主席外出求学,1921年回到韶山,在这里将家人召集到一起,要大家都投身革命。"我这才明白,为什么毛主席一家人都是革命者,如毛泽覃、毛泽民、毛泽建、毛岸英等,原来是与毛主席的影响和号召分不开的。

　　穿过侧屋再向左走就到了毛主席父母的卧室。卧室里有一张旧式的大木床,床上挂着蚊帐,里侧放着一床被子。木床旁边的墙上挂着毛主席父母的画像。毛主席的父亲叫毛顺生,母亲叫文七妹,他们的画像看起来栩栩如生。走过这间卧室,我来到一个杂物间。这个杂物间里放着石磨、风车、犁耙等农具。杂物间的前面是一个小天井,穿过它就到了毛主席三弟毛泽覃的卧室。卧室里的镜框上镶嵌着毛泽覃的画像,画像下方写着他的生卒年1905—1935,下面还有一段关于他生平的简介:1921年加入共青团,曾任红军师长,1935年在江西坚持游击战争时被敌人杀害。走出毛泽覃的卧室,就到了毛主席的二弟毛泽民的卧室。墙上镜框里的毛泽民穿着红军军装,头戴五角星帽,显得英姿勃发。我从下面的文字介绍中得知他1922年入党,1943年在新疆被军阀盛世才杀害。

　　穿过毛泽民的卧室,就从屋后来到了一个小晒谷坪。晒谷坪那边,还有一个毛主席文化长廊,里面摆放着许多小商品和各种纪念品,还有许多大小不一的毛主席像章。顺着旅游指示牌,我又去对面的一座山上看了毛主席父母的坟。毛主席父母的坟地势较高,能看到很远的地方,也是一块风水宝地。

　　看完毛主席父母的坟后,我又回到毛主席故居前,仔细观察着一代伟人的出生地。毛主席的故居三面群山环抱,屋后是茂密的竹林,屋前有大水塘,正是风水先生所称的宝地。但这所房子之所以特别，关键的原因就是从这里走出了这样一个伟大的人物，他改变了中国和世界。所谓，山不在高，有仙则名；水不在深，有龙则灵。望着故居前满目金黄的稻浪，我情不自禁地吟起了毛主席的《七律·到韶山》：

> 别梦依稀咒逝川，故园三十二年前。
>
> 红旗卷起农奴戟，黑手高悬霸主鞭。
>
> 为有牺牲多壮志，敢教日月换新天。
>
> 喜看稻菽千重浪，遍地英雄下夕烟。

这首诗是他人生经历和革命历程的浓缩，诗中流露出他对故园的深情眷恋，表达了一种不怕牺牲、顽强奋斗，敢于改天换地、建功立业的豪迈精神。他，一个普通的农家子弟能够取得如此大的成就，成为一代伟人，靠的不就是这样的一种精神吗？回想到自己的人生历程，毛主席的这首诗曾给过我巨大的鼓舞。特别是在学业上受到挫折的时候，我总是拿它来激励自己继续努力。今天，我终于考上了清华大学的博士生，在学业上获得了巨大的成功，不就是对毛主席诗中的名句"为有牺牲多壮志，敢教日月换新天"的形象化解释吗？我觉得我们每一个青年人，特别是家境贫寒的农村青年，都要学习毛主席的这种奋斗精神，学习他不怕挫折的勇气，勇于开创出一番新的天地。今天，我来参观毛主席故居，就是为了怀念这位历史伟人。

不知不觉就到了下午3点多了，毛主席故居门前参观的人群依然在排着长队。我恋恋不舍地离开毛主席故居，走上公路，坐上汽车，去往下一个目的地。

2016年1月24日晚10点

本文初发于《品读春秋》微信公众号

韶山毛氏宗祠

凡是去过韶山毛主席故居的游客都知道，在故居后不远的毛主席铜像广场的南面，有一座十分雄伟的青砖砌成的带飞檐的古典建筑，那就是韶山毛氏宗祠。

根据当地的有关记载，这座祠堂大约修建于清代中期，距现在已经有三百多年的历史。参观完毛主席故居后，我在返回途中的公路上恰好看见了这座古典建筑。于是，我怀着好奇的心情，走进了毛氏宗祠。

走到宗祠门口时，首先映入眼帘的是正门上方从右向左书写的"毛氏宗祠"四个大字。四个大字的两边各有两个稍小一点的字，它们分别是韶灵和毓秀。这四个字连起来接近成语"钟灵毓秀"的意思，只不过第一个字改成韶字，更具有地方色彩罢了。正门两边各立着一个石鼓，两侧题写着一副"注经世业；捧檄家声"的对联。这副对联运用了汉代毛氏家族注解《诗经》和庐江毛义"奉檄色喜"的典故，隐含着以诗礼和孝道传家的意思。在宗祠门口，许多游客拿起相机拍照，我也用手机拍了几张。

走进祠堂，我就看到头顶一根大悬梁上挂着一个"鉴古观今"的牌匾，牌匾下面是一个大木台子，木台子两边的木柱上写着一副"不大地方可家可国可天下；寻常人物能文能武能胜神"的对联。木台子前面的一块铝板上写着"戏楼"两个字，看来这是一个唱老戏的地方。

再往前方走，登上一个斜坡，我就来到被称为中厅的第二进。中厅的右廊悬挂着一口大钟，左廊悬挂着一面大鼓。据墙上的文字介绍，这里原来是毛氏家族办公、讲约、祭祀和摆酒设宴的地方。

再往里走，就到了第三进——敦本堂。敦本堂是安放历代祖宗神主牌位的地方。我看到写着"敦本堂"三个字的那块黄漆木牌下，搁放着一些木制的先人牌位，有一两个游客还在下面鞠躬或磕头呢。敦本堂两侧悬挂着《家规十八条》《清代后期毛氏家族"军功"和封赏、任职表》等。家规中戒酒、戒窃、戒游荡，提倡品行端正、孝养父母、友爱兄弟、教训子孙、奋志芸窗、勤劳本业等对于今天的人们仍有教育意义。任职表上的名字有三四十个，详细地记载了元明以来，毛氏家族许多从军报国并有一定名望的人物。如毛氏先祖毛太华曾经从军，他参与平定边疆叛乱并获得封赏。晚清时期，毛氏家族有多人参加了左宗棠的湘军并远征新疆，不少人获得了提督或总兵的官职。民国初年参加过护国战争的约三人。看来，毛主席后来领兵打仗，也有一定的家族遗传基因在里面呢。

穿过敦本堂，我来到另一间侧室。这间侧室中有"毛主席家世展览"，里面陈列着不少文物和图片，还有一些文字介绍。在一块名为《伟人家风》的黄漆大匾额下，我看到了那一段激动人心的前言：这是一个古老的英雄辈出的家族，先辈们的成功与荣耀不断地激励着后世子孙前仆后继、奋勇向前；这是一个红色的家族，她孕育了伟人毛主席，也哺育了无数像毛主席一样的热血青年，从而最终冲破封建桎梏，开创出令人肃然起敬的新一代家风。墙上的展板上陈列着许多旧照片，有毛泽民、毛泽覃、毛泽建、杨开慧等，还有一些集体照，有毛主席与新民学会的同学拍的、毛主席后人在毛主席故居前拍的等等。

有一处展板上复制了毛主席20世纪五六十年代写的一首怀念杨开慧的名叫《蝶恋花·答李淑一》的词的手迹，还有一处展板上陈列着一张毛主席外出用餐的凭据。

走出家世展览室，我感慨良多。毛主席一家为革命而不怕牺牲的精神令人敬佩，他廉洁自律、勤俭节约的作风在今天仍然是值得我们提倡的。

2016年1月25日上午

参观彭德怀故居

惟楚有才,于斯为盛。近代以来的湖南,是一块英雄辈出的土地。仅仅湘潭附近,就涌现出毛泽东、刘少奇、彭德怀等众多享誉中外的历史政治名人。在中国现代众多的历史名人中,我最喜爱和崇敬的就是彭德怀元帅。我敬佩他杰出的军事才能、正直无私的人格和敢于坚持真理的勇气。我小时候就看过他晚年写的自述,从中熟悉了他的人生经历。去年8月中旬的一天,我终于找到一个机会去参观彭德怀故居。

参观完韶山的毛主席故居以后,时间还略有一些节余,且彭德怀的故居乌石离湘潭也不算远,于是,我便决定去参观一下彭德怀故居以偿夙愿。我搭上了一辆去彭总故居附近的中巴车。一小时左右,中巴车来到一个叫石潭的镇子,司机告诉我下车后坐一辆去黄荆坪的车就能到乌石镇。快到乌石镇时,夜幕已经降临了,我只好在镇上休息一晚,第二天再去参观。

第二天一大早我就起来了。吃完早饭,我在当地人的指点下,沿着乡间公路向彭总故居方向走去。走了三四里路,我就看到路边有一块彭总故居的指示牌。我沿着指示牌向前走去,看到一条宽阔的大道一直延伸到远处的一个山坡上。大道入口处是一座高大的水泥门楼,门楼上方用楷书刻写着"彭德怀纪念馆"六个

大字。门楼旁边的一块巨石上写着习总书记2011年3月21日参观彭总故居时的指示精神："要以彭总精神激励我们的广大党员，特别是领导干部，要把伟人家乡建设好，要把这个爱国主义教育基地办好。"

这时，太阳已经从东方升起来了。我跨过门楼，沿着大路向前走去。大路两边的风景还真不错。你看，远处乌石峰峻峭而挺拔，一路逶迤西去；近处，不少荷塘里的荷花盛开了，粉红色的荷花和翠绿的荷叶特别引人注目；稻田里还有许多刚刚插下去不久的禾苗，绿油油的一片，真惹人喜爱。走了三四分钟，我才到达大道的尽头，原来那里是彭德怀纪念馆，纪念馆内的小山上伫立着一尊高大的彭总铜像。按照路边的景点指示牌，我决定先参观彭总故居。于是，我绕过纪念馆大门，沿着另一条乡间土路向彭总故居进发。

走了五六分钟，我终于到达彭总故居门口并看了关于彭总故居的文字介绍。我了解到故居最初是1927年彭总在湘军当营长时寄薪金给两个弟弟修建的，后来遭到国民党的破坏，两个弟弟牺牲了。彭总1960年回乡时曾在此接待来访的干部群众并写调查报告。现在看到的故居是当地政府20世纪80年代后重修的。现在，彭总故居已经用石围墙围起来了，只留一个槽门作为入口，入口处有一个穿着浅蓝色公安制服的女工作人员在值班，进去参观无须买门票。于是，我健步穿过槽门，来到故居前一块宽敞的三合土地坪。顺着导游指示牌，我看到了彭总当年回家乡时亲手栽种的葡萄藤和柚子树。现在，那棵柚子树已经有七八米高了，长满了青翠而又浓密的枝叶，有一根大树枝上还挂着两个苹果般大小的柚子呢。彭总一生热爱劳动，他20世纪60年代初回乡时还带头开过水田。槽门右边是一片茂密的竹林，竹林衬托着彭总的故居，环境相当优雅。

从正面看，彭总故居坐西北朝东南，是一栋有堂屋、左右各有两开间的砖木结构的粉墙砖瓦房，带有典型的江南农村风味。穿过地坪，我走向彭总故居的堂屋。在堂屋的门楣上，邓小平手书的"彭德怀同志故居"七个字熠熠闪光，堂屋正中挂着彭总身穿元帅服的巨幅彩色相片。堂屋两边的墙上，陈列着他生平主要的活动年表。穿过堂屋，我走进东前正房，房里有床铺、书桌，摆着凳子、衣柜、洗脸架等用具。这里原来是彭荣华夫妇的卧室，彭总两次回乡时都在此屋接待群众，外出调查，撰写报告。书桌上还放着他当年写给中央的关于黄荆坪集市贸易的调查报告的打印本。墙上还有彭总当年回乡的巨幅照片，照片下面有文字说明。东横屋的墙壁上，悬挂着彭金华夫妇和彭荣华夫妇的遗照与简介。穿过东横屋就到了东厨房，墙上的文字介绍说，东厨房后门口系彭金华被国民党特务杀害之处。彭金华曾在抗战初期去延安抗大学习，返乡后与弟弟一起组建了中共彭家围子地下支部，后来因为叛徒告密而被害。与毛主席一家一样，彭总一家也为革命做出了重大的牺牲。

　　看过东边的开间，我又来到西边的开间。西边的开间有西上房、西横堂屋、厨房和杂屋。西上房原为彭金华夫妇卧室，西边厨房是"文革"时期埋藏彭总十一万言书和部分军事论文手稿之处。从西边杂屋出来，我又回到了故居前的地坪。这时，我看到槽门那里还有几个游客陆续进来参观。其中一个女游客指着彭总故居对另一个男游客说："你看，彭老总故居的房子比毛主席故居的要好哟！"我在旁边会心地一笑，其实我也有同感。我觉得彭总家的这栋房子比毛主席家的要坚固一些，因为它的几个房间里面都装有木楼板，开间也多，而且外墙被粉刷过。不过，相对于毛主席故居而言，这里的游客要少一些。

　　我在彭总故居前的地坪里站了好一会儿，思绪起伏，心潮澎湃。我的眼前又浮现出彭大将军在红军时期穿着军装、骑着骏马的勃勃英姿；在抗日战争时期拿着望远镜，沉着地指挥战斗的情景；在保卫延安时振臂一呼，应者云集的场面；在讨论是否出兵援朝的中央政治局会议上掷地有声的发言："出兵朝鲜是必要的。打烂了，最多就等于解放战争晚胜利几年。如果美军摆在鸭绿江岸边和台湾，他要发动侵略战争，随时都可以找到借口……"在庐山会议上，"我为人民

鼓与呼"的深情陈述……哦,彭大将军,您就是鲁迅先生所说的"中华民族的脊梁"!我站在那里静静地思考着:没有来过这里的人们,谁会知道,就从这样一间普通的湖南农家的小院里,走出了这么一个伟大的人物?他曾使他的敌人,无论是国民党军官、日军指挥官,还是联合国军司令官,都闻风丧胆,大败而逃。他只读过湖南省陆军军官讲武堂,但是他率领我们的军队打败了众多凶恶的敌人。他不愧是一个天才的军事家。

看完彭德怀故居,我又顺便去看了一下彭德怀墓。走在彭总故居附近的公路上,望着满目的青山绿水,我的心情久久不能平静。彭总一生的功业令我十分敬佩,在未来的人生道路上,我希望自己以彭总为榜样,学习他的许多优秀品质,为时代、为党和国家做出自己应有的一份贡献。

2016年1月25日晚

彭德怀纪念馆

2015年8月中旬的一天上午,我参观完彭德怀故居后,顺便来到故居对面的彭德怀纪念馆。

彭德怀纪念馆依山而建,四周砌有围墙,馆前有一尊彭总身着元帅服的高大的站立式铜像。我从纪念馆的西边入口外沿马路和石阶而上,走了五十多步,终于来到纪念馆前。首先映入我眼帘的是石碑上方江泽民同志题写的"彭德怀纪念馆"七个金黄色大字,朴实而又有浩然之气。

走进纪念馆大门,我看到一个宽大的八边形序厅。序厅正中立着一尊彭总手持望远镜,身穿军装的半身雕塑。序厅正墙有三组暗红色浮雕,上面刻着许多持枪行进的战士,分别表现血战罗霄、百团大战、抗美援朝的主题。序厅两侧是两组壁画,主题分别是"致力于革命军队现代化、正规化建设"和"与人民群众心连心"。

看完序厅,我按照墙边导游牌的指示向左走去。刚走了几步,就看到前面的一块墙壁上刻写着一段十分感人的题为《前言》的介绍性文字,大意是:彭德怀是伟大的无产阶级革命家、政治家和军事家,他于1898年10月24日出生于湖南省湘潭县一个贫苦农民家庭,童年曾饱受生活的磨难,后入湘军当兵,在大革命失

败后的1928年毅然发动平江起义；此后半个世纪，他南征北战，屡战强敌，功勋卓著；中华人民共和国成立后他致力于军队的现代化建设；在1959年的庐山会议上他仗义执言，虽遭批判仍心系人民。最后的部分引用了毛主席一首赞扬彭德怀的著名六言诗中的"谁敢横刀立马？唯我彭大将军"，并以"彭德怀的光辉业绩和崇高品德，永远是中华民族的光荣和骄傲"作结。真是写得太好啦！令人拍案叫绝。

　　再往前走几步，就到了陈列彭总生前事迹的三个展厅。第一个展厅展示的板块依次有童年生活、湘军岁月、平江起义、奔向井冈、长征鏖战、华北抗日、保卫延安、抗美援朝等，基本上是按《彭德怀自述》中的记载展示的，但增加了一些照片，复制了许多图片，还列有一些实物以及运用现代声、光、电、化手段进行模拟展示。如《乌石少年》就表现了少年彭德怀爱打抱不平的个性。他和弟弟在母亲死后讨米的故事在《自述》中有记载，在展厅中则用模拟讨米的场景来展示，特别是那两间破烂不堪的茅屋看起来令人心酸。"湘军岁月"板块中有一张彭德怀在湖南陆军军官讲武堂学习时拍的照片，照片上的他十分英俊潇洒。"平江起义"则运用一张巨幅油画来展示，油画中的群众场面气氛十分热烈，核心人物则是彭总。"华北抗日"板块中的核心事件是百团大战。此战役极大地打击了日寇的嚣张气焰，提高了八路军在全国抗日军民中的威望。在这个板块里有很多关于百团大战场面的图片及意义的说明文字，我在这个板块里还看到一张十分珍贵的照片，那就是彭总和新婚妻子浦安修的合影。1938年，彭总在延安与女大学生浦安修相识并相恋，两个人在战火中喜结良缘。我以前看到过关于浦氏三姐妹的故事，知道她们都是民国时期才貌双全的女子。照片中的浦安修年轻美丽，彭总潇洒而有风度。一生为革命奔忙，在战火中出生入死的彭总终于在延安找到了他的爱人。"保卫延安"板块中给我印象最深的是他站在台上开动员大会的场景：彭总大手一挥，台下万人聚集，掌声雷动。"抗美援朝"是我最爱看的板块。我很佩服彭总临危受命、不畏强敌的胆略和勇气。要知道那时我们的装备很落后，以美国为首的联合国军不仅武器先进而且海陆空一体化，甚至还威胁我们说要使用原子弹。在这样的情况下要打赢这场战争是非常不容易的，但为了祖国，彭总毅然将个人的生死置之度外，在中央讨论出兵朝鲜的会议上斩钉截铁地说出了自己的意见："出兵朝鲜是必要的。打烂了，最多就等于解放战争晚胜利几年。……"毛主席见他态度坚决，又有指挥大兵团作战的经验，便把百万大军交给他去抗美援朝。彭总果然不辱使命，以劣势装备打败了世界上最强大的敌人并迫使美军在《朝鲜停战协定》上签字。壮哉，我伟大的中华民族！彭大将军，就是我们这个民族的脊梁！在这个板块里，我看到了1950年中央开会讨论出兵朝鲜问题的图片，看到了彭总拿着望远镜观察敌军阵地的图片，看到了志愿军总部山洞作战室的模拟场景，看到了五次战役中许多壮烈场景的图片，看到了《朝鲜停战协定》签字时的图片，以及彭总用过的望远镜、公文包、自来水笔、万岁军电报署名等。我为彭总杰出的军事指挥才能而骄傲！

这个展厅展示了彭总前半生的光辉业绩和赫赫功勋。从展示的材料中我们可以看到以下两点：一、彭总是一个很有正义感的人。1928年他放弃国民党的高官厚禄，毅然发动平江起义，反抗国民党的屠杀政策。二、彭总最善于打硬仗，打恶仗。在每一个最危险的关头，如长征、保卫延安、抗美援朝等，都有他和他的部队出现。我真为彭总在为人民解放、民族独立的战争中创立的丰功伟绩而感到自豪！

看完第一个展厅后，我来到了第二个展厅。这个展厅介绍了百战归来的彭德怀被任命为中华人民共和国第一任国防部部长和国务院副总理，主持中央军委日常工作，致力于军队的现代化、正规化建设，并于1955年被授予元帅军衔等内容，以及在1959年的庐山会议上被错误批判，在"文革"中被"红卫兵"揪斗直至逝世的不幸晚年。这些既令人欣喜又令人感叹唏嘘。

最后，我来到第三个展厅。这个展厅以《人民心中的巍巍丰碑》为题介绍了20世纪七八十年代党和人民对彭总的重新评价，为彭总平反、恢复名誉以及开展的各种纪念活动等。展厅的天花板上装饰着一个白色的大花环，花环上嵌有一百颗闪亮的星星，象征对彭总百年诞辰的纪念。展厅正墙上则悬挂着黄河瀑布形状的音箱，演奏着气势磅礴的《黄河颂》钢琴曲，给人以强烈的心灵震撼，与彭总的壮丽人生和英雄本色十分合拍。

从纪念馆走出来，我信步来到外面的一处观景平台。站在观景平台上，我望着苍茫起伏的乌石群峰、遍地翠绿的稻田和古朴庄严的彭总故居，回想着彭总一生的光辉业绩和曲折遭遇，心情久久不能平静。我想：我们后辈人应该永远记住彭总的光辉业绩和崇高品德，记住他为我们的国家和民族所做的杰出贡献。

2016年1月26日

本文初发于《微云山》微信公众号

参观八路军驻桂林办事处旧址

去年7月中旬的一天下午,我因为不久就要离开桂林了,便去参观了一下八路军驻桂林办事处旧址。

八路军驻桂林办事处旧址坐落在桂林市中山北路十四号。在旧址旁边,新修了一栋八路军驻桂林办事处纪念馆。纪念馆有两层展厅,是一幢高大的楼房。我本来是想先去看旧址的,因为我以前并不知道旧址旁边还有一个纪念馆,但看到纪念馆建得高大气派,相比之下,旧址则显得有些老气,于是便决定先参观纪念馆。

纪念馆门口,有几个穿着淡蓝色警服的男女公安人员在值班。不过,他们只是在那里例行公事,并未干预游客,因为参观是免费的。我顺着墙上的导游指示牌走向二楼展厅,首先映入眼帘的是七个大字:抗日烽火映桂林。看到这几个字,我有一种热血上涌的感觉,精神为之一振。接着,我看到了北面墙上有一幅巨大的桂林主城区模拟图,图上显示的是抗战时期桂林的青山绿水。模拟图下方,是一段叫作《永远的丰碑》的文字,大意是将八路军桂林办事处对抗战的指导作用和特殊贡献比作永远的丰碑,并介绍展览将按照文物、图片和资料分成八个部分,生动地再现了八路军桂林办事处从建立、发展至结束的光辉历程。

我按着展厅的展览顺序慢慢向前走去。首先看到的是第一部分：炮火烽烟下的觉醒。这部分展示的是抗战进入相持阶段的1938年以后，日军频繁轰炸桂林的情况。从1938年年底开始，日机少则十几架，多则五十几架多次轰炸桂林，炸死炸伤我方军民四百多人，烧毁房屋三千多栋。这里的一幅油画给我留下了很深刻的印象。油画上画的是一个小女孩，她坐在地上，手里抓着一根破木条，正在放声大哭。她的周围则是熊熊燃烧的大火，那是日军飞机扔下的炸弹引发的。她旁边的地上躺着两个人，那或许是她的父亲或者母亲，他们已经被日军飞机的炸弹炸死了，这个小女孩看起来孤独无助。这幅油画展示的是那个年代桂林人民在战争中的悲惨命运，它激起了我对侵略者的无比仇恨。这幅油画的旁边，是几张日军当年投下的未爆炸的炸弹和毒气弹的照片，有一颗标有"昭和十三年"的字样。这些炸弹是中华人民共和国成立后在桂林的城市建设中被发现和挖掘出来的，是日军飞机轰炸桂林的铁证。在桂林人民受难的关头，根据国共两党达成的抗日合作协议，1938年10月，八路军总部秘书长李克农率领武汉"八办"及《新华日报》部分工作人员，一路冒险南进，几经辗转，于11月中旬到达桂林，正式在桂北路138号（今旧址处）成立办事处。

第二部分：团结抗战的协奏曲。讲述的是办事处成立后，中共领导人周恩来、叶剑英等来桂林宣传党的抗日方针，建立抗日统一战线的活动。陈列的实物有：周恩来在桂林用过的军装、公文包、钢笔等。接下来就到了第三部分：封锁线上的抗争。这部分讲述的是办事处成立后，在护送党的干部和进步青年，抢运汽车、枪弹、棉被、药品等方面所做的贡献。这里的展板上保存着一张南洋华侨捐赠的汽车和"血肉长城"锦旗的照片以及李克农处长回赠华侨代表黄光明的"祖国先锋"锦旗一面。第四部分：看不见的战线上。展示的是办事处对南方各省地下党的联络和指导。这里陈列的历史照片有：广西省工委书记钱兴、副书记苏曼，广东省委书记张文彬、琼崖纵队女战士等。第五部分：永不消逝的电波。

借用了一部谍战电影的名字，展示的是办事处工作人员利用公开和秘密两部电台与南方局、党中央、新四军军部等进行联络的情况。这里陈列的主要照片和实物有：设在路莫村的公开电台外景照片、当年电台使用过的电池和天线、报务员童娟穿过的便装等。第六部分：没有硝烟的战斗。展示的是抗战时期桂林异常活跃的抗日文化运动。陈列的照片有：日本反战同盟发起人鹿地亘及夫人在桂林，越南共产党领导人胡志明以"平山"为笔名在《救亡日报》上发表的部分文章，《新华日报》《救亡日报》部分工作人员合影，新安旅行团孩子剧团在桂林演出《虎爷》的剧照等。实物有《新华日报》工作人员佩戴的证章、穿过的衣服，中华木刻界抗敌协会会徽等，在桂林遇难的著名音乐家张曙的遗作《我们要报仇》，桂林本土漫画家龙廷坎的漫画《宁死不屈》等。第七部分：完成使命返延安。展示的是1941年国民党反动派发动袭击新四军的"皖南事变"后，桂林的政治形势恶化，办事处工作人员被迫撤回延安的系列历史事件。陈列的照片有：李克农处长对撤销办事处的请求和中央的回电，部分办事处工作人员在延安的合影，"皖南事变"后被俘的新四军军长叶挺被软禁在桂林山上放羊的情景等。第八部分：文化抗战的延续。主要讲述办事处撤离以后，各地迁来桂林的著名文化人和他们的创作以及他们推动的一系列蓬勃高涨的文化救亡运动。该部分用较长的文字向参观者详细介绍了当时迁往桂林的报刊社、书店、出版社等，以及著名作家茅盾等在桂林的创作和书影，著名戏剧家田汉等主持开展的场面盛大的西南剧展等。可见，桂林的抗战文化是多么繁荣，把它称为文化城并非过誉。在这一部分，我看到了著名文化人何香凝、柳亚子等在桂林的照片以及西南剧展的戏票等。

看完第一展厅后，我沿着导览图来到三楼的第二展厅。这个展厅展示的内容也很丰富，且利用现代高科技手段，有多维动画的效果。这里首先展示的是1944年前后保卫桂林的战斗，标题为《誓死保卫祖国大西南》。那时全世界反法西斯

国家结成了同盟。美国除了通过滇缅公路、驼峰航线向中国运送物资外,还派出了以陈纳德为首的志愿空军飞行队(中国称之为飞虎队)来中国参加抗战。飞虎队在桂林西部建了一个秧塘机场,他们的飞机多次从这里起飞与日军作战,打击了日寇的侵略。在这里,我看到了当年美国飞行员及秧塘机场的几张照片,对他们的援华行动充满敬意。桂林保卫战是抗战后期在西南地区进行的一次较大的抵抗日寇的战役。守城将士以山地和河流等屏障抗击数倍于我的日寇的进攻,给日军以沉重的打击,使日军的战报不得不承认:"漓江之水为敌我两军之血染之为赤,此役是我一生中所经历到的最惨烈的战役,并非在于规模,而在于敌军之勇猛。"在这里,我不仅看到了关于桂林保卫战的文字介绍,而且看到了用电子声像模拟的日军进攻七星岩的场景。还有几张老照片真实地反映了桂林陷落后受到日军的严重破坏,全城沦为一片废墟的悲惨景象。接下来展示的是桂林沦陷后,南国多支红色抗日武装针对日军的几十次伏击行动,有相关的场景图片和文字介绍、实物等。最后展示的是八桂大地的抗日英烈事迹,有在桂林保卫战中自杀殉国的阚维雍及中共韦国清上将等。结语:最后的胜利属于人民。展示的是1949年解放大军进军西南,解放桂林的情景。

  走出第二展厅,我又去楼下参观了八路军驻桂林办事处旧址。这是一栋老式的木屋结构的楼房,原为当地商人黄旷达的糟坊。一楼有警卫室、值班室、办公室、救亡室、行政科等房间,二楼则有休息厅、男女宿舍、机要科、处长室、秘密电台室等,各房间物品陈列大都保持着当年的原貌。我看到了办事处工作人员当年使用的电台等办公物品,竹椅、茶几等生活用品,乒乓球桌等体育用品,甚至墙上还留着当年抄写的抗日歌曲等。靠街一侧的入口处,墙上的一块长方形木板上则是叶剑英元帅题写的"八路军驻桂林办事处"几个苍劲的大字。

  走出办事处旧址大门,已经是下午4点多钟了。太阳渐渐向西移去,大街上车辆众多,人流如潮。我一个人走在大街上,回想起刚才的参观活动,感到自己又重温了一遍桂林的抗战历史，了解了这个城市的过去和先辈们为民族独立、为人民解放所做出的牺牲。我们重温历史，是为了更好地走向未来。今天，生活在和平环境中的我们仍然要感恩烈士，不忘历史，懂得珍惜，继续为实现民族复兴的中国梦而努力奋斗。

2016年7月30日下午

右江工农民主政府旧址

今年7月初,我去广西田东挂职,顺便参观了右江工农民主政府旧址。

旧址位于平马镇的经正书院。该书院约建于清朝后期,是当地的一所私塾,建筑式样为青砖蓝瓦,古香古色。书院大门右侧挂着一块长方形木牌,上有邓小平于1977年题写的"右江工农民主政府旧址"几个大字。左侧则有"全国重点文物保护单位""广西区爱国主义教育基地"等多块挂在墙上的闪闪发光的金黄色牌子。书院共分三进,有两个侧厢和三间厅堂。

我跨进第一间厅堂时,看到左侧有两个工作人员正在那里谈话,右侧是几尊蜡像。蜡像群的人物主要是当年恩隆(田东的旧称,约20世纪30年代中期改用今名)暴动的领导人,有邓小平、张云逸、雷经天等。他们围在一张长方形的桌子前面,正在商议着什么事情。他们的神态栩栩如生,完全是当年恩隆暴动场面的复现。在这间厅堂的左右边角处各有一个小房间,小房间的外墙上贴着复原的"右江苏维埃政府施政纲领""右江苏维埃政府委员名单""右江第二届工农兵代表大会出席代表情况"等多张当年的苏维埃政府布告或宣传标语。左边小房间的门口上方写着"雷经天"三个大字,房间里放着一张旧式木板床,床的对面是一张老式木桌和一个木凳,木桌上挂着雷经天的画像,下面有他的生卒年及一小段文字介绍。他当时担任苏维埃政府主席，墙上还有一小段文字用来说明苏维埃政府主席的主要职责。右边小房间是肃反委员会主席陈洪涛的卧室兼办公室。墙上有他的画像、生卒年、简短的文字介绍以及肃反委员会职责等。

位于第二、三间厅堂之间左侧的一间长方形侧室，是"邓小平在恩隆"的专题展览室。这个展室用多幅图画及相关的文字介绍了当年恩隆暴动前后邓小平在右江地区的革命活动。在1929年前后，邓小平深入恩隆壮乡瑶寨访贫问苦，加强对工农运动的领导和恢复发展党组织，创造性地开展统战工作和兵运工作，为恩隆暴动的成功和红七军的创立做出了不可磨灭的贡献。在这个展室里，我还看到了邓小平同志使用过的马鞍、脸盆、茶具、竹水烟筒、马灯、鼎锅、床铺及踏上平马二牙码头第一个台阶的长方形条石等多件珍贵文物。

看过"邓小平在恩隆"的专题展览室，我来到第二、第三厅堂之间的一个小院子。这个小院子的左右各有一个水泥台子，水泥台子上陈列着许多仿制的当年红七军和农民自卫军使用过的武器，如步枪、重机枪、大炮、梭镖、大刀等。不过由于雨水的侵蚀，这些武器的表面部分已经变得锈迹斑斑了。在左边水泥台左侧三四米处，立着三尊连在一起的大型雕塑。雕塑上的起义军战士精神抖擞，目视前方，手里拿着步枪，显得勇猛有力，栩栩如生。雕像基座下方有一小段文字，介绍恩隆暴动的情况。

看完雕塑，我来到第二间厅堂。这间厅堂共有三个展室，用图画、文字、实物等完整地展示了恩隆暴动的经过。靠左边的一个展厅展示的是1927年前后，恩隆及其附近蓬勃发展的农民运动的情况，有农运讲习所的建立、农民自卫军使用过的武器、恩隆县农民自卫队大队长腾国栋使用过的藤夹和戴过的草帽等。中间的一个展厅展示的是恩隆暴动、右江苏维埃政府和红七军创立。1929年10月28日，经过周密部署，邓小平从南宁将军械船由水路开至平马镇二牙码头，张云逸经陆路率广西第四警备大队到达恩隆县城。他们与雷经天等指挥的农民自卫军会

合，打垮了驻扎在恩隆县城（今田东平马镇）的广西第三警备大队等反动武装，取得暴动胜利后，邓小平前往百色策划起义，雷经天等留在恩隆县筹备工农民主政府。1929年12月11日，也就是百色起义的当天，右江工农兵第一次代表大会在平马镇经正书院会议大厅召开。大会决定建立右江工农民主政府，选举雷经天为主席、陈洪涛为委员。大会通过了施政纲领并做出了扩大红七军、实行土地革命等决议。新生的右江工农民主政府辖十一个县，一百多万人口，为当时全国瞩目的革命根据地之一。此为暴动前后的大致历史背景。在这个展室，展示了一份奉议县民主政府颁发给平街乡一对通过自由恋爱而结婚的年轻人的结婚证书，工农民主政府的布告，工农兵苏维埃组成人员名单，红七军的被服厂、枪械厂旧址，红七军使用过的军号、步枪、手枪、子弹等。右边的一间展厅展示的是右江工农民主政府成立后颁布的一些命令、开展的一些活动，红七军的整编和转战中央苏区，恩隆籍英烈名录，从右江走出去的中华人民共和国领导人、军事将领等。我通过图片、文字了解到：红七军曾在鹧鸪坳伏击过滇军一部，开辟过富宁根据地，河池会议以后经过千里转战进入中央苏区与中央红军会合，牺牲的烈士有韦拔群、陈豪人、滕德甫、俞作豫等，走出的将军有张云逸、韦国清、李天佑、莫文骅、黄惠良等。最后一段结语用田东在大革命时期"七个第一"（第一个党支部、广西第一个红色政权等）说明了田东人民对于中国革命的巨大贡献，并引用毛主席诗词中的名句"为有牺牲多壮志，敢教日月换新天"说明胜利果实的来之不易。

走出第三间厅堂的大门，我看到一队穿着红军服装的游客，在一个女工作人员的引导下整齐地走进第一、二间厅堂的院子。"嗬！来这里参观的人还真不少。"我不禁感叹道。今天，通过参观旧址，我增长了不少见识，接受了一次革命传统教育，特别是对伟人邓小平的早期活动有了更深入的了解。我原来只知道百色起义，而不知道恩隆暴动。现在才知道，恩隆暴动是百色起义的第一枪，而且取得了成功。我真想不到田东在现代历史上还有这样壮烈而光辉的一页，我也因此对田东人民增加了一分敬意。

2016年8月5日下午

初发于《行参菩提》微信公众号

参观百色起义纪念馆

一代伟人邓小平大革命时期在右江地区发动百色起义，建立红七军、红八军和右江革命根据地，这是历史课本上讲到的知识。对于邓小平领导和发动的百色起义，我早就略知一二。但是，由于没有去百色的机会，我只能一直把参观革命旧址的想法埋藏在心底。今年7月，我有幸到广西右江参加一个活动。活动结束后的8月初，我终于找到一个机会去参观百色起义纪念馆。

新修的百色起义纪念馆坐落在百色市东北郊的迎龙山上，气势极为壮观。山下就是缓缓流过的右江河，河水清澈而明亮。站在纪念馆入口处的大平台上，可以俯瞰整个百色城区全景。我顺着石阶而上，依次看到巨型浮雕，邓小平手迹碑林，江泽民、胡锦涛等国家领导人的题词，邓小平塑像等。在纪念馆入口，我排队领了一张免费参观券后，就进入了一楼大厅。

大厅里有游客须知和馆内展厅介绍。大厅的正面有一组浮雕，浮雕上刻画的是百色起义领导人邓小平、张云逸、雷经天等领导工农兵起义的场景，形象而壮观。第一层展厅为序厅。序厅主要展示的是百色起义以前右江各地的社会状况和农民运动蓬勃发展的情况，展示的形式有图片、文字、实物、塑像等。在这里，我看到了封建社会末期右江地区土司制度的野蛮和残酷；英法帝国主义以西林教案为借口发动对中国的第二次鸦片战争;辛亥革命推翻清朝后连年的军阀混战;农民领袖韦拔群等在右江各县开办农民运动讲习所,后来又组织武装农民三次攻打东兰县城;国民党"新桂系"内部矛盾重重;中共中央派邓小平、张云逸等共产党人到广西来开展统战和兵运工作等。

参观完序厅,我来到二楼的起义厅和英烈厅。起义厅展示的是百色起义的发生、经过和意义。1929年10月,李明瑞反蒋失败后,南宁的政局陷入了混乱,邓小平等中央代表秘密召开会议,决定将革命中心转移到农民运动基础较好的右江地区。从南宁到百色主要有两条路,一条是水路,一条是陆路。当时,邓小平同志走的是水路。他率领一部分士兵和几艘军械船从南宁海关码头出发,经右江到达恩隆县平马镇。李明瑞等则率广西警备第四、第五大队部分士兵从陆路到达平马镇。两路人马到达平马镇后,在当地农军的配合下,很快解决了地方反动武装并宣布建立右江苏维埃政府,管辖范围达十多个县。平马暴动成功后,这支队伍又马不停蹄地向百色进发。起义队伍到达百色后,驻扎在粤东会馆并把它作为起义的临时指挥部。为了清除革命中的反动势力,张云逸在公兴当铺以商谈防务之名宴请盘踞右江的广西警备第三大队队长熊镐。由于熊镐拒不改变反动立场,张云逸便下令把他抓了起来。该年11月份,中央代表龚饮冰带来了中央关于右江起义的指示。邓小平根据百色的实际情况,把起义日期定在1929年12月11日。这天早上,张云逸在粤东会馆宣布起义胜利和成立红七军,整个百色城欢声雷动,变成了一片红色的海洋。从百色起义到1930年10月,红七军先后开展了马鞍山、亭泗、桂黔边战斗收复百色,伏击滇军等,巩固和发展了革命根据地。右江苏维埃政府颁布了一系列新的法规和政策,如《土地实施条例》等,改革了婚姻制度,创办了多所中小学和《右江日报》等。由于"立三路线"的影响和国民党反动派的疯狂围剿,1930年年底红七军不得不实施战略转移。他们一路北上,经过长途跋涉,终于在第二年到达中共苏区与中央红军会合。在这里,我看到了红七军的

战斗序列、长蛇岭战斗场景模拟、恒里岩惨案场景复原、《右江日报》报头、邓小平写给中央关于起义经过的报告、《千里来龙》锦旗油画、百色起义视频等，仿佛亲身经历了整个起义。

看完起义厅，我来到旁边的英烈厅。英烈厅展示的是百色起义前后不幸牺牲的英烈们的生平事迹，主要有韦拔群、李明瑞、俞作豫等。这些烈士的事迹有些是我们熟悉的，如韦拔群、李明瑞等。有些是鲜为人知的，具有颇为珍贵的史料价值。如韦拔群是被他的堂侄子韦敖杀害的；李明瑞是在苏区的肃反扩大化运动中被错杀的等。

三楼有两个展厅，一个是功臣厅，另一个是邓小平专厅。功臣厅分为"璀璨将星"和"治国英才"两部分。璀璨将星部分展出了从1955年到1956年授衔的十九位将军的人生经历，其中大将一位、上将两位、中将四位、少将十二位。治国英才部分则展示了从百色起义中走出来的二十二位省部级领导干部的集体形象。在功臣厅，我还看到了一些实物，如张云逸的妻子向纪念馆捐献的大将服，一些将军和领导干部写的回忆录，如《莫文骅回忆录》《从南昌起义至渡江战役》《赵世同光辉的一生》等。

邓小平专厅展示的是世纪伟人邓小平的一生，其中百色起义前后的邓小平、邓小平对壮乡的关怀是重点展示的部分。有些史料是大家都比较熟悉的，如邓小平领导百色起义的经过、邓小平主持召开十一届三中全会、邓小平会见英国首相撒切尔夫人等。有些史料还披露了一些别的内容，如邓小平的第二次婚姻、邓小平与胡锦涛总书记的合照等。此厅进门不远处有一尊邓小平的雕像。此雕像是著名雕像家程允贤设计的。雕像对面的墙壁上镌刻着邓小平对日本记者说过的一段话："我二十五岁领导了百色起义，建立了红七军，从那时开始干军事这一行，一直到解放战争结束。"展示从邓小平的出生讲起：他出生在四川广安一个比较富裕的家庭，十六岁赴法勤工俭学；1924年入党，1927年回国后曾在上海担任中央秘书长，1929年作为中央代表化名邓斌来广西工作，南宁兵变后力主在右江发动起义；他的第一任妻子张锡瑗的病逝；他领导百色起义和龙州起义的经过；他到江西后因执行毛泽东的正确路线而受到错误处分被下放到瑞金担任县委书记；遵义会议时邓小平以中央秘书长身份出席；抗战时期邓小平任八路军129师政委；1939年邓小平在延安与卓琳结婚；解放战争时期邓小平领导了淮海战役、渡江战役；中华人民共和国成立后主政大西南，规划修建成渝铁路；"文革"中被打倒，1977年恢复全部职务；1978年主持十一届三中全会并领导改革开放；1989年10月主持国庆阅兵活动；多次关心壮乡建设如20世纪80年代中期坚持搞平果铝，以老党员的名义捐资开办广西第一希望小学等；1992年南下视察深圳并发表重要讲话；1997年病逝等。

伴随着文字展示的还有许多图片，如百色起义红七军军部粤东会馆邓小平的起居室，十一届三中全会会场情景，听取国务院原副总理姚依林关于平果铝的报告等。实物展示主要有中共广东省委决定成立广西前委并任命邓斌为书记的通知、邓小平在百色起义时用过的马鞭、邓小平写给中央的《红七军工作报告》等。总之，邓小平专厅用文字、图片、实物等形式简单而又翔实地展示了他的生平并强调了他的壮乡情缘，在纪念馆的几个展厅中是别具特色的。

从百色起义纪念馆门口出来，已是上午11点多了。南国正午的太阳一团火球似的炙烤在大地上，街道上依旧车水马龙、行人众多，右江两岸到处是林立的楼群。重温百色起义的历史，回想着这个城市的昨天和今天，我在这里又受到了一次革命传统教育。

约作于2016年

靖西烈士陵园

说心里话，我之所以来到南疆靖西，完全是因为以前看过当代军旅作家李存葆写对越自卫反击战的中篇小说《高山下的花环》及同名电影。小说中的军长雷神爷、连长梁三喜、排长靳开来、战士雷凯华等英雄人物的事迹深深地感染了我。指导员赵蒙生前后的转变也显得真实可信。赵蒙生和梁大娘、梁三喜的妻子韩玉秀来南疆部队驻地附近，在位于巍巍青山下的烈士墓园里凭吊烈士的画面也深深地印在了我的脑海里，让我对他们油然而生一种崇高的敬意。这些都变成一种积淀埋藏在我的记忆深处。可是，由于我一直没有机会来南疆，也就无法亲身体会小说中的人物特有的那份情感。今年7月，我来右江河畔参加一个活动。活动结束后，我便计划去南疆小城靖西看看，目标之一就是烈士陵园。

8月初的一个下午，我坐一辆大巴车从百色来到靖西。到达靖西市后，我叫了一辆三轮车将我送到烈士陵园。靖西烈士陵园坐落在城东北约两公里的新靖镇环河村球路屯高城岭上。陵园依山而建，占地面积八万多平方米，初建于1979年，后又于2004年、2008年、2010年由自治区人民政府三次拨款数百万元进行改造和维修，现已初具规模，是全国重点烈士陵园。陵园的环境相当幽雅，园内树木丛生，周围青山环抱，湛蓝的天空偶尔飘过一两片白云。

我一走近陵园入口处，就看到大门上写着"靖西烈士陵园"六个闪闪发光的金黄色宋体字。大门左边有一个值班室，值班室里坐着一个身穿制服的男工作人员。值班室左边不远处的一块宣传栏上写着安葬在陵园里的烈士姓名、墓区、籍贯、生前所在部队和所任职务等，我在值班室做了登记后就进园参观。午后的阳光十分强烈，栖息在树上的知了发出一阵阵连续不断的鸣叫声。我登上几级石阶，顺着游客指示牌，穿过一小段林荫下的石板路来到烈士陈列馆。

烈士陈列馆为一座大厅式建筑，大厅的墙上以中越传统友谊、越南背信弃义、自卫反击保卫边疆、胜利归来、部分烈士介绍、中越关系正常化为标题，用文字和图片的形式向人们讲述了对越自卫反击作战的原因、经过和意义等，有较为珍贵的史料价值。在中越传统友谊部分，我看到几张毛泽东、周恩来等中国领导人接见胡志明等越南领导人的照片。在越南背信弃义部分，我看到了越南武装人员侵入靖西市湖润庭毫山地区，开枪打死我方边民赵胜民等八人，打伤李瑞光等十二人的图片。在自卫反击部分，我看到穿着绿色军装的中国人民解放军战士手持武器列队前进，我军坦克营迂回奔袭为全军开辟道路等画面。在胜利归来部分，我看到自卫反击战中，广大人民群众踊跃支援前线，部队首长欢迎将士们归来并开庆功大会等场景。在烈士事迹介绍部分，展示的有陈全钢、常超渺、许宗崇等人的光荣事迹。他们大部分都很年轻，只有二十岁左右，有的还是家中的独生子，但为了祖国的安宁，他们义无反顾地献出了自己的生命。他们的精神和品格应该永远被中国人民记住。现摘取陈全钢烈士事迹如下：陈全钢（1958.9—1979.2），壮族，广西灵川人，中共党员，1978年3月入伍，历任通信员、班长等职。1979年2月17日，我军攻占15号高地后又向815高地进攻。为了掌握战况，连指挥所两次派人到一排阵地，联系不上，又派陈全钢等二人去联系。途中，陈全钢等与敌遭遇，他用手榴弹炸毁敌人一个火力点后与战友失散，只身与敌周旋一两夜，毙敌十名、伤两名，被誉为"孤胆英雄"并火线入党，被提为班长。2月26

日在重占15号高地战斗中，为抢救负伤战友不幸牺牲。中越关系正常化部分表达了中国政府与人民愿意与越南通过谈判解决边界和政治分歧，实现世代友好的心愿。在大厅的中部还安装着两个立体玻璃橱窗。橱窗内展示的是对越自卫反击战中使用过的一些实物，如军鞋、军衣、军帽、军号、子弹、钢盔、烈士书信等。

　　从烈士陈列馆出来，向前走十多级水泥台阶，再向右前进几米，就到了一座高高矗立的烈士纪念碑前。烈士纪念碑高十多米，为钢筋混凝土结构，外面由花岗岩装饰，正面刻着"革命烈士纪念碑"七个大字，其他三面刻着"革命烈士永垂不朽"的字样。碑前正下方是一尊战士塑像，展现的是人民战士紧握钢枪、冲锋陷阵、不怕牺牲的形象。塑像下方还留着三五个大花圈，可能是清明节前后当地的中小学生送的，也可能是烈士家属前来凭吊时摆放的。碑前不远处是一个长方形立式铁制香炉，可能是供家属和游客们点燃蜡烛、烧香用的。

　　站在纪念碑前，看着层层的花圈和四周耸立的座座青山，我不禁记起《高山下的花环》结尾的那一段话："赵蒙生带领着九连全体同志和我，抬着一个个用鲜花编织的花环，徐徐来到烈士陵园。大家把花环一个个敬献在烈士墓前。松柏掩映的烈士陵园里，到处有人工精心培育的花丛。在梁三喜烈士的墓前，是一簇叶茂花盛的美人蕉。硕大的绿叶上，挑起束束俏丽的花穗，晨露在花穗上滚动，如点点珠玉闪光……默立在这百花吐芳的烈士墓前，我蓦然觉得，人世间最瑰丽的宝石、最夺目的色彩，都在这巍巍青山下集中了。"我此时的情境何尝不是如此呢？虽然时间已经过去了二十多年，那些牺牲的将士们也不是我的亲属，但他们为国献身的精神却永远值得后辈们崇敬！这也许就是我不顾路途遥远到南疆来瞻仰烈士陵园的原因之一吧！李存葆的小说写的虽然是云南前线某部将士们的故事，但何尝不具有普遍性呢？烈士墓前的花环，都代表了人们对烈士们的怀念！今天，我虽然没有带来花环，但情怀却是一样的。于是，我对着纪念碑深深地鞠了三个躬。

纪念碑西侧的一块方形石碑上刻写着陵园简介，大意是烈士陵园的建造过程、设施分布、烈士人数和籍贯、烈士精神对于国家的意义等。纪念碑背后还有一段刻写的碑文，大意是越南反动当局在苏联社会帝国主义的怂恿下侵犯中国边疆，枪杀中国军民；中国军民发动自卫反击战，取得重大胜利；为纪念牺牲的烈士，特建此碑，表达我们的崇高敬意；陵园中安葬的一千余名烈士，是中华民族的优秀儿女，是我们学习的榜样，他们的英名永垂不朽！落款是"广西壮族自治区人民政府，2008年4月"。

纪念碑背后是一大片烈士墓园，大约由四个大的方形区域组成。每个区域里都整齐地安放着一排排褐色的稍稍倾斜的长方形墓碑，每排有十多个。每一个墓碑上都写着烈士的姓名、籍贯、年龄、所属部队、牺牲日期等。我迈着轻轻的脚步来到第一墓区的第一排墓碑前，仔细地读着那些墓碑上的简介，认识了范桂兴、冯帝万等烈士。在一个墓碑上，我还发现贴了一张主人公穿着军装的照片。我想，那应该是某个清明节这位烈士的战友或家属给他留下的。可见，那些烈士仍然活在人们的心中。墓园四周绿树成行，松柏常青，偶有草虫发出唧唧的鸣声。哦，烈士的英魂就长眠在这青山之下、花环丛中。他们将永远被中华人民共和国的历史所铭记。

走出陵园大门，天色已近黄昏，巍巍青山下的陵园一片肃静。行走在返程的路上，回想着参观的过程，我总算了却了一个长久以来的心愿。

巍巍昆仑关

昆仑关位于广西南宁附近,始建于唐宋,扼守着桂中至南宁的交通要冲。在现代,这里因为发生过一场中国军队与日军之间的惨烈攻坚战并取得最终胜利而为世人所知。

最早听说昆仑关是在著名导演杨光远拍的一部叫《铁血昆仑关》的电影里面,我才了解到昆仑关在广西南宁附近,我原以为是在昆仑山上呢。《铁血昆仑关》最初被禁,但由于政治形势的变化,后来又可以公开放映了。这种变化源于一种历史观的变化。正如大家都可以看到的,国民党的抗战是存在许多可以指责的地方,但还是有一些应该肯定的方面,比如昆仑关战役就是这样。因为《铁血昆仑关》是多年前看过的,我记不起来太多的细节,也不知道史实是否确实如此。但在大多数人的心目中,他们是把电影当作真实历史来接受的。我后来又查阅了一些相关资料,觉得电影中对攻坚战一段的描述,其酷烈程度是基本上与史实相吻合的。

因为了解这场战役,所以心里就多次产生了重访战地的想法。南宁我倒是去过多次,但是每次都是路过,所以一直没有去昆仑关的机会。近年来又听说新建了昆仑关博物馆,那更值得去看看了。今年8月初的一天上午,我到了南宁,终于找到一个机会去昆仑关。

汽车一驶进关口附近,我就感觉到这里地势的险要确实是名不虚传的。只见公路两边到处是起伏的群山,一座连着一座。山上种着许多高大的松树,密密麻麻地挤满了整个山坡。南宁到宾阳的公路,就从这些山坡下穿过。昆仑关关楼就建在某座山的高处,扼守着南来北往的通道。当年的昆仑关战役就在这样山高林密的环境下展开,可见抗战难度是多么巨大!

我在公路旁的一个关口标志指示路牌那里下了车。下车后,我就沿着新修的上山公路来到昆仑关战役旧址前。旧址现在已被开辟为景区,里面新建了一个博物馆,增加了一些游客设施,因此是要收门票的。不过,门票并不算贵,只要十三块钱。

买好门票后,我顺着游客指示牌来到了抗战诗词碑林。抗战诗词碑林收录了抗战时期不少名人题写的关于抗战的口号和诗句等,并把它们镌刻到几块大石头上,这是一处新辟的景点。在这里,我看到了叶挺将军题写的"抗战到底"的口号,毛主席关于抗战的著名观点——论持久战,田汉题写的一首咏昆仑关之战的七律等。

看完诗词碑林,我沿着石阶小径往上走,没走多远,就看到了一座石牌坊。这就是著名的北牌坊,是1944年在杜聿明的主持下建的。牌坊上有国民党高级将领陈诚的题字——气壮山河,为繁体字,从右向左书写,与现在常见的格式不同。牌坊的西边刻写着一副对联,用的也是繁体字。上联是"百战尚留苌氏血",下联是"九攻更轶狄青勋"。穿过北牌坊再走上约三百级石阶,就可以看到一座纪念亭。亭里立着一块方形石碑,石碑上刻满密密麻麻的汉字。由于年代的久远和风雨的侵蚀,这些汉字多数已经模糊,较难辨认。我粗略读了一下,大意是讲述了昆仑关战役的经过、我军取得胜利、纪念死者的意义等。题写人为杜聿明,时间为民国三十三年,即1944年。

穿过此亭,走上一段平整的石板路,再前进二十多米就可以看到一座高大的纪念塔。纪念塔坐落于昆仑山山顶,高十多米,为上中下三层结构。上层为三面,每面都刻有"陆军第五军昆仑关战役阵亡将士纪念塔"字样。纪念塔中层为四面造型,刻有蒋介石、白崇禧等国民党要人题字。纪念塔北面,有三座长方形的阵亡将士墓碑,墓碑上密密麻麻地刻满了名字,有三千多人。我看到纪念碑前还存留着几把花束、几炷残香。我想,那也许是某个清明节,烈士的家属或者附近的人们来献上的吧。

从纪念碑前再走下去一百多级陡峭的石阶,就到了气势雄伟的南牌坊。南牌坊是一座对称的石质建筑,为三门四柱结构。牌坊正中写着"陆军第五军昆仑战役阵亡将士墓园"一行大字,为繁体字,书写形式为从右向左。中间的一副对联为:芳烈长存为国家尽忠民族尽孝;英豪继起信抗战必胜建国必成。题写人为蒋中正,对联内容带有时代色彩。中间牌坊西侧各有一个小牌坊,小牌坊上的横批为:雄关铭勋,毅魄长雄。外侧亦有一副对联,内容不再赘述。

穿过南牌坊向左拐上一条小路,再前行约二十米,就到了修复后的昆仑关古关楼。古关楼耸立在一处山坡上,高七八米,楼上有城墙、房子和飞檐,楼下有城门洞,自古以来就扼守着从南方通往中原的要道。据历史记载,昆仑关关楼最早为汉代征南将军马援所建,唐宋后多次重修,历史上曾在这里发生多次战事,可见其地理位置的重要性。在抗战时期,侵华日军占领南宁后,又派出一个精锐旅团扼守此关,企图以此为依托,威胁桂林和重庆。因此,中日双方在此反复争夺也就不可避免了。然而中方的行动是正义的,日军的残暴也激起了广大人民的仇恨,所以日军装备再精良也必然失败。但在昆仑关战役中,国民党军队也付出了惨重的代价,虽然歼灭日军六七千人,自身的损失也达到了一万多,而且把最精锐的一支部队——杜聿明的机械化第五军也全部投了进去。但昆仑关战役打破了日军进一步北进的企图,鼓舞了中国人民的抗日信心,为最终收复南宁,将日军全部赶出广西创造了条件。

我登上古关楼，凝望着一片连绵起伏的苍翠群山，不禁心潮澎湃，感慨万千。七十多年前，就在这附近的大小山头上，中日双方展开了拉锯式的反复争夺，鲜血洒满了每一块阵地，但中国军人不屈服，发誓以鲜血和生命捍卫这块土地，他们终于取得了胜利。那些为国牺牲的将士们，将永远长眠在这群山之上了！松涛阵阵，仿佛在将他们轻轻地呼唤：哦，请醒醒吧，请醒醒吧。你们的后辈来看你们来了。你们虽然牺牲了，但侵略者被打败了，你们的英名和伟绩将永远为后辈铭记。

走下古关楼向左拐有一条小路通向新建的昆仑关战役博物馆。博物馆约建于2008年，2015年重新布展后再次开馆。一走进博物馆大厅，我就看到大厅的正面墙上有一组巨大的浮雕，浮雕以"血色雄关民族魂"为主题，生动地复原了中国军队攻取昆仑关时激烈的战斗场景。浮雕上还有一段前言，简述了昆仑关战役的经过和意义。博物馆内依次有四个展厅：中国抗战、昆仑关战役、广西与抗战、缅怀英烈。

我按照导游牌的指示进入第一个展厅。这个展厅展示的是日本发动侵华战争的几个主要步骤：如发动"九·一八"事变和"一·二八"事变，策划华北五省自治，挑起卢沟桥事变等，展示形式主要为文字和图片。有一块展板则列出了中国方面组织的多次大会战，如淞沪会战、徐州会战、武汉会战、太原会战、长沙会战等。

第二个展厅展示的是昆仑关战役的起因和过程、地位等。除了文字、图片外，还有场景模拟，如日军轰炸南宁的场景，中国军队攻取昆仑关各山头的场景，白崇禧等国民党将领在岩洞召开军事会议的场景等，都给人身临其境之感。实物部分的展示则有炮弹、枪支、刺刀、电文、报纸报道等。

第三个展厅展示的是广西在抗战中的地位和作用。该展厅以大量的文字和

图片展示广西军队出省参加抗战的事例,如李宗仁指挥的台儿庄会战、广西学生军的参战,广西本地的抗战如南宁保卫战、桂南会战(昆仑关战役)、桂林保卫战、桂柳会战等,日寇在广西的暴行,如施放毒气、强奸、烧杀抢三光政策等。还有一组雕塑生动地展示了当地老百姓为抗日军队带路、挑粮送水,积极支援抗战的情景。

第四个展厅的主题是铭记与缅怀。我看到有一块墙壁上密密麻麻地刻满了阵亡将士英名。现摘抄几个如下:96师第286团中校副团长漫忠实、士兵高辅臣、陈杰等。同辈缅怀部分录刻了杜聿明、韦云淞等写的三首古体诗,其中杜聿明的昆仑关绝句诗是这样写的:"北海风建骑道士,昆仑月葬太和魂。扶桑万里樱花节,夜雨千家数泪痕。"后辈追思部分展示了2009年昆仑关大捷七十周年时,南宁各界公祭烈士的图片以及戴安澜将军的女儿来昆仑关祭奠先烈等场景。结语部分用巍巍昆仑关来象征中国军民英勇不屈的抗战意志,并用这种意志激励当代人在实现民族复兴的征途上继续奋斗!

走出纪念馆大门,已是下午4点多了。灿烂的阳光照耀着昆仑关附近起伏的群山上的每一个角落,天空高远而湛蓝,偶有白云飘过。哦,眼前的一切是多么美好!七十多年过去了,战争的硝烟早已散去,但这段历史我们不能忘记,烈士们的精神也需要我们继承。只有这样,我们的民族才会在这块土地上生生不息,从而走向更加美好的未来。

约作于2016年
初发于《北大清华讲座》微信公众号,阅读量过三千

冯子才故居

最初知道冯子才是在中学的历史课本上。历史课本中有一节讲中法战争，介绍了钦州老将冯子才率军到镇南关前线抗击法军，终于打败法军，收复谅山等地，迫使法国内阁茹费理倒台。后来了解冯子才，是在《中国近代文学发展史》中。该文学史中的一册讲到清末诗人黄遵宪，介绍了他写冯子才的一首诗，题目叫作《冯将军歌》。具体内容不记得了，只记得这么几句："冯将军，英名天下闻。……将军气涌高于山，看我长驱出玉关；平生蓄养敢死士，不斩楼兰今不还！……将军一叱人马惊，从而往者五千人。五千人马排墙进，绵绵延延相击应。……十荡十决无当前，一日横驰三百里。……"诗中的冯将军形象可谓顶天立地，战场捷报也大快人心。从此，民族英雄冯子才将军就在我脑海中留下了较为深刻的印象。我心里计划着今后如有机会一定要到冯子才将军的家乡钦州去看看。可是多年来，我却一直没有这样的机会。

今年8月初，我去防城港市见一个硕士同学，回南宁时经过钦州，于是顺便去参观了一下冯子才故居，了却了一桩多年的心愿。

冯子才故居坐落在城东白水塘社区的官保街，由三排三进的十多间青砖瓦房组成，周围是一长溜用青砖砌成的围墙。我在故居门口做了登记后就径直走入院

内。院内有一块宽大的地坪,地坪前面种着一排高大的椰子树,地坪后面就是一溜依次排开的三排三进青砖瓦房,瓦房正中的大门前面矗立着一尊头戴清朝官帽的冯子才半身塑像。这是一处典型的清末大户人家的住所。来这里参观的游客不多,只有稀稀疏疏的几个人。我顺着导游牌的指示,走进中间的那栋房子。这栋房子的大门是清代常见的那种大木门,木门上有一个凸起的雕着狮子头像的铜制拉环,木门两边各有一扇四方形的木制窗户,木门左边的一侧写着"冯子才爱国业绩展览"九个大字。

走进木门,我就看到右手边墙上的一块蓝色展板上有一段前言,大意是:近代以来,东西方列强妄图亡我中华,但中国人民用鲜血和生命粉碎了他们的阴谋,获得了民族独立并取得了社会主义建设的伟大成就。《民族英雄冯子才业绩展》力图通过冯子才一生中主要爱国业绩的展览,进一步激发我们的爱国热情,树立民族自尊、自信、自强精神,为民族伟大复兴做出更大的贡献!这个展厅展示的是近代以来从事救国救民事业的英雄群像,主要有洪秀全、梁启超、冯子才、孙中山、毛泽东等。展厅左边的几块展板上,刻着毛泽东、邓小平等关于中华民族一定会自立于世界民族之林的一段名言。

穿过此展厅再往里面走,就到了第二进中部的一间展厅。此展厅主要用图片和文字向人们讲述清朝末年中国面临被列强瓜分的严重局势,法军入侵越南,老将冯子才领兵出征在镇南关下打败法军,《中法新约》的签订等,详细地介绍了冯子才一生最光辉的事迹——镇南关大捷的发生和经过,使人们仿佛又回到了当年那炮火连天的时代。在这里,我看到了当年法国侵略军攻占越南、大败清军的形势图;看到了时年六十五岁的老将军冯子才不顾自身安危,率领五千钦州子弟抬棺祭旗出征的感人场面;看到了法军攻占谅山,毁南关,宣称"广西的门户再也不存在"的危急形势;看到了冯子才率军到镇南关后筑长墙,重新部署兵力,鼓励士兵保卫祖国的画面;看到了冯子才深夜严斥广西提督苏元春退守凭祥的建议,身先士卒，提刀率军冲入敌阵，终于大败法军，一举收复谅山，迫使法国茹费理内阁倒台的情景；看到了镇南关大捷后，清廷下诏停战，要求冯子才撤军，后又对法国侵略者妥协退让，与其签订《中法新约》，丧失了许多应得的权益等令人扼腕的事件……除了文字和图片展示，此展厅还有一些实物，如冯子才当年用过的大刀、印章，《中法新约》条款影印件，展厅中部的镇南关战役模拟沙盘等。

看完次展厅再往里面走，就到了第三进中部的一间展厅。这间展厅的东西比较少，只是在正面墙上挂了一幅放大的《大清国地图》。如我们在某些专史中看到的一样，这幅地图与现在的中华人民共和国地图是有些差异的。

从中间的第三进展厅出来，我来到右边一排的第一进展厅。这间展厅介绍了老将冯子才的晚年生活。镇南关大捷以后，冯子才将裁撤下来的八营萃军部署在北部湾沿岸漫长的海岸线上，守卫钦州、防城港等地，防止法军的再次登陆。他多次视察边防，还组织士兵修建了长墙、炮台等防御工事。中日甲午战争期间，他不顾已到古稀之年，率部到江苏镇江等地献计抗倭。

从最后一个展厅出来，已是下午4点多了，太阳渐渐地向西滑去。我站在故居前的地坪里，观察着周围的一切，不禁回想起著名戏剧家、中华人民共和国国歌的作者田汉来钦州拜谒冯子才墓地时写下的一首诗："泥桥岭畔古城东，且驻征车吊萃翁。松啸如闻嘶战马，花香端合献英雄。扶妖江左成遗憾，抗法关南有大功。近百年来多痛史，论人应不失刘冯。"田汉对冯子才将军的评价，堪称不刊之论。现在，时间又过去了一百多年，经过几代仁人志士的不懈奋斗，中国终于获得了民族独立并阔步行进在民族复兴的道路上。我们后辈人仍然要继承冯子才将军的爱国主义精神，为实现民族复兴的历史伟业而继续奋斗。

2016年9月6日下午

刘永福旧居

最初接触刘永福是在中学历史课本上。历史课本有两次讲到刘永福：一次是清末法国入侵越南从而引发中法战争，刘永福率领的数万黑旗军帮助越南国王抗法，先后取得了纸桥大捷、草滩大捷，并在河内战斗中阵斩法军统帅李威利，从而名震中外。另一次是在中日甲午战争中中国失败后被迫将台湾割给日本，台湾人民自发组织抗日保台斗争，公推刘永福为统帅，沉重打击了侵台日军，但最终因清政府不支持，义军弹尽粮绝而被迫内渡。后来了解刘永福是在一本叫作《中国近代文学发展史》的书中。该书第二册在讲到壮族诗人黄焕中时，说他参加了刘永福的黑旗军，从广西到越南，从闽南到台湾，前后二十多年，抗击外国侵略者并写下了许多激动人心的诗篇。从此，刘永福将军的形象就深深地印在了我的脑海里。

可是，由于一直没有机会去钦州，我去这位将军的故地看一看的愿望始终无法实现。今年8月初的一天，我去防城港办事，回程正好经过钦州，于是抽空去了一趟刘永福旧居。

刘永福旧居坐落在钦州市的板桂街。旧居的前面有一个较为宽阔的广场，名叫永福广场。广场上有一尊刘永福将军骑在一匹马上的铜像，十分威武雄壮。永福广场前不远处就是宽阔的、缓缓流过的钦州河。刘永福的旧居被称为三宣堂，因为他援越抗法时被越南国王封为三宣提督。旧居门口有一副对联，上联是"派衍彭城"，下联是"枝棲古越"。在入口处登记后，我穿过一段青砖高墙，进入一间大屋。大屋门口也有一副对联，上联是"恩承北阙"，下联是"春满南天"。大屋为砖木结构，屋中有四扇雕花木门。屋顶很高，屋顶高处的墙上还有精美的雕刻图案。

穿过大屋，我来到一个十分宽敞的院子。院子周围被一段两米多高的青砖围墙围了起来，围墙的四个角上分别筑有角楼，那是用来防范外敌的。我来到院子里继续向前走，发现右边有一处房屋的大门是开着的，可以进去参观。于是我便走了进去。原来这是刘永福旧居的库房和账房，而且里面还有一个小院子。小院子的右边是一长列用青砖砌成的谷仓，那是当年刘永福用来储备粮食的地方。刘永福将这些粮食充作军粮或者在灾荒年间救济当地百姓。院子正面的一间大房子里放满了当年的农具和去沙碾米的工具，如蓑衣、犁铧、水车、谷篓、风车、用来舂米的臼等。

从小院子出来再往前走，就到了刘永福旧居的主座。这是刘永福旧居的主体建筑。主座的大门顶上有一副特制的花翎，也许那是当年的越南国王或清朝皇帝赐给刘将军的吧。花翎下面的大门两边有一副对联，上联是"天街深雨露"，下联是"庭砌长芝兰"。走进大门，我看到了一个小天井，天井的水泥台阶上摆着一圈绿色的盆景。走过天井，就来到了刘将军当年的会客室。会客室正中矗立着一尊刘将军的蜡像，十分逼真。会客室头顶的梁柱上，有几幅画面十分精美的彩绘。走过会客室，就到了刘将军及夫人的卧室，还有三间是刘将军子女的卧室。穿过卧室向左转就是一排连在一起的厢房，是用来供士兵和用人居住的，也可以储藏各种兵器。穿过厢房再往前走，就到了刘将军的餐厅。餐厅里复原了刘将军当年举办家宴的场景，有玻璃桌子、太师椅、火炉、

吊灯等，使人们仿佛回到了清末。餐厅的右侧是两三个相连的厨房，厨房的桌子上放着案板、菜刀等常见的厨具，地上的几个竹筐里堆满了大蒜、地瓜、土豆、白菜、红薯等，完全是旧时厨房场景的复现。右侧的几间房子是做学堂用的。刘将军晚年就在这里开私塾，聘请当地的先生来教育自己的子孙。从书房处向右拐，也是一长排厢房，被称为右厢房，与刚才的左厢房相对，功能也相似。不过，右厢房里展出的不是刘将军的私家物品，而是当地特产，还有节日及民俗风情的介绍等。

从右厢房出来，我又去看了戏院。戏院在院子里的西北角，是一个单独的大房间，与现在的剧院相似，只不过规模小了一点。戏院的前面有一个搭建起来的戏台，那是供唱戏的演员们用的。戏台上方还可以看到幕布。看来，刘将军的爱好还比较广泛呢。

快走出院子时，我才发现右手边有处围墙被拆掉了一段，我便问旧居里的工作人员。工作人员告诉我，那是因为要建纪念馆而拆掉的，说完她用手向右前方指了指。我顺着她指的方向看去，果然有一栋崭新的粉刷着雪白外墙的两层楼房。我本想过去看一看，但那位工作人员告诉我现在还没开放，只好作罢。

从旧居出来，已经是下午4点多了。前来参观的旅客们都各自散去，我也一个人来到旧居前的永福广场。我坐在广场上的一块石头上，望着刘将军骑着战马的那尊铜像出神。我觉得这尊铜像是对刘将军和他一生的高度概括。他十多岁只身投奔农民起义军，在起义军遭到官府镇压后，他移师越南并将队伍改为黑旗军；在抗击法军侵略越南的战争中，他率领黑旗军大战法军，取得了纸桥、河内和镇南关大捷，从此扬名中外；回国后，他被清政府任命为南澳总兵，后来又参加抗日保台斗争，晚年在钦州度过。他的大半生光阴基本上是在马背上度过的，始终驰骋在保家卫国的前列。

时间一晃就过去了一百多年。今天，我们的国家逐渐强大，外国侵略者再也不敢随意侵略我们，但中华民族伟大复兴的历史任务还没有完成。因此，刘将军赤忱的爱国情怀，仍然需要我们后辈不断发扬光大。

2016年9月6日晚

本文初发于《行走文学》微信公众号

家乡风物

乡村的黄昏

当太阳失去了午后灼热的光芒渐渐偏西时，乡村的黄昏便到来了。乡村的黄昏平和而安详，如同一幅景色迷人的山水画。

远处，起伏的青色群山静静地横卧在平原上，如同一页远古的岩画。山间雾气缭绕，只能隐约看到山的轮廓。近处田野里，到处都是绿油油的秧苗。"双抢"已过，插下去的禾苗正在茁壮地成长着，它们随着起伏的微风轻微地摆动着，那样子既轻盈又可爱。农田里不断闪现着辛劳的农人们奔波的身影。他们有的在除草，有的在撒药，有的在施肥……夕阳把他们的身影拉得格外长，他们古铜色的脸庞在夕阳的照耀下显得越发金黄了。

太阳又向天边慢慢地滑了下去。蔚蓝的天空中飘浮着朵朵白云，夕阳给这些云彩镶上了一道道闪光的金色花边。这时候，几户人家的屋顶上已经升起了缕缕炊烟。炊烟袅袅上升，似乎要变成白云。遗憾的是够不上高度，它们上升了十多米就迷蒙成一片，在天空中消失了。小河边倒还安静，河两岸依依的垂柳，随风舒展着纤细的手臂，轻悠悠地划动着平静的水面，一圈圈涟漪便有节奏地晃动起来。河面上，偶尔有一两条调皮的小鱼跃出水面，大概是想透一下气吧。啊！可不巧，一只翠鸟飞过来了，有一条小鱼闪躲不及，被叼走了。

突然,一阵叫喊声打破了小河边的平静。只见一群孩子吆喝着向河岸跑来——他们要下河游泳了。他们一个个"扑通""扑通"地跳下水去,在水里玩耍开了。他们一会儿蛙游,一会儿仰浮,一会儿潜水,一会儿打水仗……这里简直成了顽童们的小乐园。夕阳洒在河面上,给水面和孩子们镀上了一层金黄。小河旁边,是一排排蔬菜大棚,里面种满了各种各样的瓜果蔬菜。那些长长的、半圆形的大棚,在夕阳的照耀下,犹如一艘艘点火待发的军舰。

这时,太阳变成了一个橘红色的铜盘,给蔚蓝的天空留下一抹瑰丽的晚霞。看样子,太阳就要落山了。忙碌了一天的人们开始收工了。他们三三两两地扛着农具,走向自己的家园。河边玩水的孩子们也陆续上岸回家了。山上树林里,各种鸟儿在叽叽喳喳地叫着,好像在寻找着自己的窝。放牛娃牵着牛,一面走一面唱着:"走在乡间的小路上,暮归的老牛是我同伴……"嘹亮的歌声起伏在乡间,回荡,回荡……

太阳完全落山了,最后一缕晚霞也消失了,夜幕徐徐地降临了。远山、田野、小河、树木、房屋,都变得模糊不清了。偶尔传来一两声狗叫,但随即又消失了。渐渐地,一切都被黑暗笼罩了。

啊!多么美丽的图画,多么迷人的黄昏!

本文刊于《岳阳大学报》文艺副刊,由班主任黄去非老师推荐,大概是我第一篇发表在正式刊物上的散文

风景这季独好

阳春、酷暑、清秋、寒冬，都有各自独特的美，但相比之下，风景秀丽的清秋更叫人喜爱。

当湛蓝的天空变得越来越高远，当"人"字形的雁阵往南飞，当风吹落叶飞满天，当战地黄花分外香的时候，沙沙沙……沙沙沙……赶着脚跟儿来的秋雨便拉开了秋的帷幕。

秋风是秋天的先导。阵阵秋风吹走了夏的炎热，带来了秋的凉爽。秋雨是秋天最寻常的使者，她总是不紧不慢、淅淅沥沥地下着，常常一下就是三两天，密密的、细细的，似条条细丝，又如缕缕轻烟。城里乡下，行色匆匆的人们撑着五颜六色的雨伞，在雨雾里穿梭。天地间变成了一个水淋淋的世界。谁家秋院无风入，何处秋窗无雨声？这个时候，坐在窗前，聆听着秋雨敲窗的滴答声，你心中涌现出来的是何种感想呢？怀念往事，抑或是思念家乡？你难道没有感觉到这种清静的心境也是一种美的享受吗？雨后，太阳才慢慢地从云层里探出头来，把大半个天空染成橘红色。霎时，树木、房屋、河水、行人都沐浴在秋阳的光辉中，天地间一下子就变成了一个金灿灿的世界。

在这金灿灿的世界里，最惹人注意的便是那被称为"战地黄花"的秋菊了。

在乡下的田埂上、小溪边、山坡上、道路旁,到处都盛开着各种各样知名、不知名的野菊花。这些野菊花真是千姿百态,美丽极了。它们黄色的花冠随风摇摆,淡淡的清香沁人心脾,叫人一看就生爱。秋天是赏菊的季节,而赏菊又是我国传统文化中最具神韵的一部分。"不是花中偏爱菊,此花开尽更无花。"也许赏菊是一种独特的美的享受吧!怪不得诗人在赞美菊花时写"战地黄花分外香"呢。

秋天还是丰收的季节。田野里,放眼望去,目之所及是一片片翻滚的稻浪,一块块耀眼的金黄。割稻的农人们乐得合不拢嘴,这可是丰收的喜悦啊!果园里更是一派繁忙的景象。苹果、鸭梨都成熟了,它们争先恐后地往人们的筐篮里跳,好像在说:"快点装吧!市场上的人在等待着我们呢!"望着这喜人的丰收景象,我不禁想起诗人峻青《秋色赋》中的句子:"花木灿烂的春天固然可爱,然而,但瓜果遍地的秋天更令人欣喜。"是啊!秋天似乎具有一种独特的魅力,它比春天更加欣欣向荣,更加绚丽多彩。

风景这季独好。我真不知道古代的文人墨客们怎么那么喜欢写悲秋,他们难道没有看到那凉爽的秋风、如雾的秋雨、灿烂的秋阳、怒放的秋菊和金黄的稻浪?

本文初发于《北大清华讲座》微信公众号

故乡情

"美不美,家乡水。"对故乡的山和水,我永远怀着一种特殊的感情,一种儿女对母亲深沉的思念、执着的眷恋和深厚的情意。

我的故乡坐落在风景秀丽的江南水乡,一长段起伏的青色群山环绕在故乡的周围,只有西边留下一个缺口。整个造型看起来就像一个缺边的摇篮,而我们正躺在摇篮的边缘。

故乡的四季各有特色,但最令人难忘的是夏天。早晨,火红的太阳从山那边探出头来,把光辉洒遍村庄的每一个角落。树木、房屋、行人都沐浴在耀眼的晨光中。阳光照在荷塘里,荷叶上滚圆的露珠折射出来的缕缕金光,似千万支利箭直刺人眼。小路上,勤劳的农人们一个一个地走向自己的责任田,开始了夏收繁忙的一天。

东边山脚下是个大水库。夏天的午后,这里就成了我们顽童的天地。我们在水里尽情地玩着,变着法儿嬉戏。兴趣浓时,我们便以水为武器,岸为阵地,以棍为矛,大战起来。直到双方都打得精疲力竭,才各自拖着水淋淋的身躯,跑到岸边的老樟树下歇息。

傍晚的景色更迷人。夕阳把最后一缕余晖洒向大地和天空,给地上的万物

和天空中的云彩镀上了一层金黄。大路上，忙碌了一天的人们扛着农具，三三两两地走向自己的家。这时候，我家门前的小溪旁便成了最热闹的地方。人们在小溪边说着笑着，他们放下农具，把双脚浸在溪水中，任清凉的溪水洗去一天的劳累。

大人们常常三五个人一起坐在院子里纳凉，兴奋地谈论着庄稼的收成。我们这些小孩子们可坐不住，常常成群结队地跑到野外去捉萤火虫。小溪边的青石板上，闲不住的家庭主妇正在捣衣，她们的身影与皎洁的月光构成了一幅恬静的画面。

如今那一切都已经远去。我离家求学也整整五年了，然而，无论走到哪里，故乡的山山水水总是萦绕在我的梦乡。深情的爱在荡漾，赤子的血在沸腾。我知道我的故乡还比较落后，还得靠我们年轻一代去改变它的面貌。故乡，我是你的儿子，我会回来的！在不久的将来，我要亲手把你建设得更加美丽繁荣。

啊！我魂牵梦绕的故乡。

登玉池山

玉池山是汨罗市的最高峰，站在我家门前就可以看到。可每每看而不登，总觉得缺少点乐趣，也有些遗憾。所以，登玉池山是我长期以来的愿望。一个初夏的星期天，我终于如愿以偿。

那天，我们几个小伙伴很早就起来了。我们准备了一些干粮，还带了点水，便迎着晨风向玉池山进发了。一路上，我们兴致勃勃，有说有笑。大约走了一个小时，我们才到达山脚下。从山下仰望山顶，只见山坡上到处都是郁郁葱葱的树木，把整座大山装扮得格外青翠。山顶上云雾弥漫，主峰犹如一支插入云霄的玉笔。"真雄伟啊！"我们不禁赞叹道。我说："爬上去，站在山顶，景色会更好看呢。""走吧，走吧，那就赶快上吧！"其余的小伙伴迫不及待地催促道。这时，太阳已经出来了，我们便迎着初升的朝阳，沿着通往山腰林场的公路，向主峰进发了。

开始时，我们爬山的兴趣很浓，信心百倍。玉池山虽然只有七百多米高，但爬起来仍然很费力。翻过了一座又一座小山头后，我们都气喘吁吁，汗流浃背，脚都挪不动了，速度也渐渐地慢了下来。到了半山腰后，没有大路了，我们只好走小路。山势也越来越陡了。我一边喘着粗气往上爬，一边仰望山顶，恨不得一

个"旱地拔葱",一下子跃上去。这时候,我们突然遇到了很大的麻烦:只见一段峭壁横在眼前,底下仅一段小路通过,再下面便是悬崖。一看这阵势,有一个小伙伴便有点害怕起来。我说:"怕啥?既然有路,就说明能过去。别人能过去,我们难道就不能过去?"我自告奋勇地打头阵,其余几个小伙伴紧跟在我身后。我们贴着石壁,小心翼翼地挪动双腿。我们都不敢向下看,甚至连大气也不敢出。直到爬到了另一个山头,我们才松了一口气。是啊!安全通过了这一段险路,怎么能不令人高兴呢?看来,"人定胜天"这句话还是挺有道理的。这时,我的大腿发酸,好像绑了一块巨石,再也爬不动了。我就干脆躺在一块大石头上休息。等我爬起来向山脚下望去,不禁大吃一惊:原来我已经爬得很高了,而且也能看得很远了!真可谓登高望远。再看看他们几个,早落在我后面了。"欲穷千里目,更上一层楼。"我喝了几口水,又继续向上爬。过了一片浓密的杉树林后,我终于爬到了山顶。这时,已近中午了。我已累得力不能支了,但我还是兴奋地跳跃着,摇摇晃晃地向伙伴们招手。那几个小伙伴也终于陆续上来了,也更来劲了。他们笑啊,跳啊,脸上洋溢着无限的喜悦。

我倚在山顶的一块巨石旁,居高临下地欣赏着大自然的美景。啊!这里所看到的一切比照片上的不知要美多少倍呢!正北边是雾气朦胧的密岩山,东南边是高高矗立的电视塔。山下,湖水如镜,公路如带,汽车似甲。京广线上的火车犹如一条蠕动的长蛇,隐隐约约地还能听到轰鸣声。山下的梯田里,泛动着绿油油的禾苗,形成了一片绿色的海洋。东南方向是一系列延伸的山脉,看起来就像一条条大鱼的背脊似的。据说,借助望远镜还可以从这里看到省会长沙城呢。这样一幅美丽的画卷,怎么能不令人陶醉呢?

太阳渐渐下山了,我们只好往回走了。回家的路上,我虽然走几步就要坐一会儿,累得很,但心里却很愉快。我现在才感觉到爬山的艰难。值得庆幸的是,我最终还是征服了它。我想:爬山难,学习不也是如此吗?科学的道路是崎岖陡峭的，但只要你有恒心，有毅力，勇于攀登，困难再大也无所畏惧，就一定能够达到光辉的顶点。我想，学习上的攀登，我也会获得成功。

冬天的雪

在人们的记忆里，雪，以其特有的白色意象，填满整个冬天。

这是入冬以来的第一场雪。下雪之前也没什么特别的预兆，也不觉得气温很低，但雪还是如约而至。开始时，下的是沙粒般大小的颗粒，落在树上，扑簌簌地响；落在地上，还会乱蹦乱跳地滚上一会儿。真好玩！其实，我早就希望下雪。我并不怕冷，在我看来，雪是冬天的象征，如果不下雪，就似乎不是冬天。所以，雪粒落下的时候，我感到特别兴奋。下雪了！我欢呼着，随手去抓那些调皮的小颗粒。可一眨眼的工夫，这些小家伙就在手里融化了。真可谓来也匆匆，去也匆匆。

小雪粒下了大约半个小时就停了。这时，风也小了，我还以为雪不下了呢，可过了一会儿，一片又一片的雪花从空中铺天盖地地落下。"下大雪啦，快来看啊！"我在室外兴奋地大叫。室友们都习惯睡懒觉，可一听说下雪，都不约而同地从被窝里探出头来，问："真的？"几个动作快的便拉开窗帘，还有几个顾不上穿衣服，趿着鞋跑了出来。对他们来说，懒觉可以不睡，雪景却非看不可。我也是如此。这个时候，你可以什么事也不做，什么事也不想，静静地立在一隅，看雪。

冬天看雪，可以称得上是一种美的享受。"六月飞花入户时，坐看青竹变琼枝。"那飘扬的雪花，那飞舞的小精灵，会激起你多么丰富的想象和多么美丽的诗情！那片片从天上飘下的小天使啊！似玉一般洁白，如棉一般轻柔，像柳絮一样轻盈。它们是雨的精魂，是冬的絮语，是五线谱上跳跃的音符，是来自远方的问候。啊！这一切是音乐，是舞蹈，是诗，是大自然大手笔的杰作。

雪越下越大，天地间茫茫一片。山尖、树杈、屋顶、道路都落满了厚厚的一层雪。远处的高楼变成了琼楼玉宇，那一棵棵一簇簇的草木绽开了一朵朵璀璨的银花。大地被遮盖得严严实实的，如同一个粉妆玉砌的世界。窗外，除了呼呼的风声，整个世界一片静谧，宛如一个洁白清幽的自由王国。鸟声相继远去，河流的琴弦喑哑，昔日喧闹的城市正安详睡去。人们待在自己屋内，烘烤着冬天的童话，倾听着来自季节深处的雪的足音。我的诗寒凝在南湖的冰里，冬天就坐在对面的山上，一千零一次地看着一千零一种雪景。

端坐在耀眼缤纷的雪的氛围里，冬在律动，冬在感召，冬在心坛举行典礼。我愿永远端坐于12月，守候这一方冬天的雪。

岁月留痕

乘火车真好

每次回家,我都乘火车。渐渐地,我便对火车产生了一种特殊的感情,乘火车也成了我生活乐趣的一部分。

敏捷地进入车厢,飞快地占据一个临窗的座位,然后从容地把书包放在行李架上,再慢慢地把玻璃窗打开。这是我上火车时的一系列习惯性动作。之所以要把玻璃窗打开,那是为了看窗外的风景。我觉得乘车最快意的事情莫过于欣赏风景了。打开窗子后,我用手轻轻地敲着桌子,焦急地等着开车。几分钟后,列车终于启动了,我松了一口气。列车慢慢地加速,很快驶出市区,在广阔的平原奔驰。我的心也随着飞逝的景物和奔驰的列车跳跃着。

西边的太阳像个火球一样,高高地挂在天空上。从车窗向外望去,湖光山色一览无余。近处,起伏的湖水柔和地泛着微波,似晃动着的点点碎金;远处,连绵的青色丘陵一座接着一座。时近深秋,空气中稍微有些寒意。农人们收割已毕,山下梯田里,除了些草堆外,到处都是空荡荡的。偶尔有些未收割的庄稼,那耀眼的金黄一下子就让你想起秋收的景象。田埂上,遍地衰草;旷野里,偶尔会传来一两声秋虫的鸣声。空气里没有一丝风,乡村的原野显得格外平和而安详,静穆如一页远古的岩画。只有几堆野火,为这画面增添了些许生气。淡蓝色的炊烟袅袅上升,轻纱般地笼罩着山林,房屋和田野也遮住了我的视线,我只好把目光收了回来。蓦地,视野中突然出现一两朵金黄色的小花,而且越来越多,越来越密。我下意识地揉揉眼睛,终于看清了:原来是野菊花。它们一丛丛、一簇簇地盛开在铁道旁边。毛主席诗云:"战地黄花分外香。"怪不得空气中还有一丝香味呢。"不是花中偏爱菊,此花开尽更无花。"这些野菊花真不愧是苍凉肃杀的秋色中最具生命力、最绚烂多彩的一道风景。

太阳渐渐地向西边滑下去,列车放慢速度,在一个山区小站停了下来。月台上冷冷清清的,苍凉的暮色中,只有几个下车的旅客和从镇上往家赶的行色匆匆的人们。最可敬的是那些站台上的工作人员,他们站在冷风里,一丝不苟地指挥着列车行进。下完旅客后,列车又鸣笛前进了。太阳落山了,留下最后一抹晚霞在天空,显得更加瑰丽多姿。暮色越来越浓,一切都模糊不清了。远处几户人家已经透出点点灯光,我只好把窗户关起来。

很快,离家乡的小镇只有两站路了。一阵阵睡意袭来,我感到有些累,然而心里却很快活。不是吗?风景做伴好还乡。那只能在车窗里领略到的秋阳、秋野、秋菊,还有秋光、秋色足够你意味深长地回忆一辈子哩!

现在想起来才觉得,真的,乘火车真好。

岁月留痕

我的外公

啊，时间过得真快！从外公离世到现在，已有两年多了。我早就想写一篇关于外公的文章了，可是，因为忙，一直没时间写。最近，交了论文，看完了学生的作业之后，终于有点时间搞创作了。我首先想到的便是要写一篇纪念外公的文章。

我的外公名叫伏维星，是湖南省汨罗市白水镇大塘村伏家屋场人。在中华人民共和国成立前，许多人是没有名字的，特别是女性，比如我的外婆，我就一直不知道她的名字。所以，当时的孩子能有一个正正经经的学名也就不错了。我记得小时候父亲曾经跟我说过："你本来叫晓星的，但是与你外公的字重了，后来就改成了晓霞。"看来，我的名字还与外公有些关系呀！

外公是2013年暑假过世的，享年八十九岁，是我们家族中寿命较长者之一。这样推算，他是生于1924年。外公出生在一个佃农家庭，家里无房无地，靠耕种别人的土地过日子。关于外公小时候的情况，他给我讲得很少。他给我讲得最多的是当年日本鬼子侵略湖南的时候，他和家乡人民的一些遭遇。他那时十八九岁的样子，家靠近粤汉铁路，是一间茅草房。当时，为了粉碎日军的进攻，国民党军队组织民众挖断了铁路和公路。为了防范中国军队的埋伏，日军一般不敢走大路，只走小路。日本鬼子打长沙的时候，外公和附近的村民们就听到了一些风声,他们便带了点干粮提前几天跑到了附近的大山上藏了起来。几天后的一个傍晚,外公以为日本鬼子走了,就悄悄地溜回了村里。一路上,他看到了许多被日本鬼子杀害的未来得及逃走的乡亲们的尸体。那些尸体惨不忍睹:有断了头的,有缺了胳膊的,有被刺刀戳了几个窟窿的,有中了枪弹的……男女老少都有。他们横七竖八地躺在山坡上、田埂上和水田里。有的尸体上爬满了密密麻麻的蛆虫,发出一阵阵难闻的臭气,老远就能够闻到。"真作孽啊!"外公对我说。"可恨的日本鬼子!"我情不自禁地说。外公又接着对我说:"看到那些尸体后,我也感到害怕了,没敢继续往家走,又跑回大山上藏了起来。"在那兵荒马乱的年月,外公不知逃过多少次难,用他自己的话来说:"在旧社会,老百姓能够留下一条命就很不错了。"

中华人民共和国成立以后,当地政府给外公家分了田,还分了一些没收来的地主的财物,如箱子、大衣橱等。妈妈曾对我说,她的嫁妆里面有个大衣柜就是某个地主的,只是结婚的时候又刷了一层桐油而已。现在,这个大衣柜还摆在我们家里呢。妈妈是外公的大女儿,小时候很会读书,学习成绩常常在班上名列前茅。初中毕业的时候,她考上了湘阴一中。那时,全乡才一两个人能考入湘阴一中呢。外公说妈妈去湘阴一中读书的时候,是他亲自送去的。"那时是搞大集体,从白水到湘阴县城的公交车每天只有两趟,而且是定时的,错过了时间就搭不到了。车费便宜,只要一毛钱。但那时物价工价很低,出一天工才一两毛钱。外公说:"能够搭上公交车还算好,要不就只能走路。那时候送公粮到湘阴县城,都要靠走路,要用肩挑或用独轮车推。人们常常一大早就要起来,挑着或者推着这些东西去县城,当天下午一两点才能到。那时生产落后,交通不便。哪里像你们现在,随时随地都有车搭,在路边招一下手,车就停下来了。那时的公路很少,都是泥巴路。啊,伢子,你们这一代是享福了。你妈在湘阴读了两年,高三的时候正好赶上'文化大革命',她跟着同学们'串联'去了。后来大学不招

生了，你妈就只好回农村来了。"外公叹息着说。

虽然妈妈高中毕业后又回到了农村，但是外公仍然重视子女的教育。我姨妈当时也读了初中，我大舅一直读到高中。那时在农村能读到高中就是半个秀才，至少也是一个小知识分子了。当时乡镇初中的许多民办老师都是高中毕业生充任的。我妈妈后来就做过两三年民办教师，但她嫌工资低，又没有工分，就没有再去了。要是熬过了那几年，她说不定就转正了呢，现在也可以拿到退休工资了。想到半途退出民办教师岗位的事，妈妈后来还是有一些后悔。大舅因为读过高中，见识广，思维也比别人活跃，高中毕业后正赶上国家政策宽松，他便开始做小生意。后来他贩卖铜铁、铝材等，逐渐发家致富，办起了小作坊，盖起了新楼房，在当地小有名气。

外公不仅关心子女的教育，也关心孙辈们的教育。就拿我来说吧，中学的时候，我每次得了奖状，去外公家拜年的时候，外公总会夸奖我几句。后来，我考上大学，外公不顾年迈，坚持来我家喝喜酒。办升学宴的那天晚上，他还特意嘱咐大舅请来镇上的电影队给我们放了一场电影。后来我考上研究生，他更是高兴。每逢正月去给他拜年的时候，他总会笑容满面地拉着我在火炉旁坐上一两个小时，问学校伙食怎么样，一年要交多少学费，老师打不打人等等。拉完话，他就要大舅、大舅妈准备好可口的饭菜招待我。近年来，我一直准备考博。在听到我初试几次过线而复试时因为种种原因没有被录取的消息后，外公一直很关心我。春节去给他拜年的时候，他仍像以前那样十分高兴地拉着我聊上一两个小时，问我工作和学习的情况。他常常对别人说："我们家里面就我大女儿的儿子霞伢子最有出息了，他当了大学教师还考博士呢！"

但近些年，外公的身体状况不如以前。大概是五年前吧，他晚上上厕所的时候不小心摔了一跤，把手腕摔坏了。他托人告诉我父亲，父亲采了些中药给他敷，花了十多天时间才把他的手腕治好。

他晚年的生活原本是由我大舅和二舅负担的，大概是每家轮半年，吃住都在两个舅舅家。本来这种生活还是不错的，而且我大舅家经济条件也比较好。但后来外公跟二舅妈不知因为什么事闹了点小矛盾，就赌气一个人住了。一个人住倒是自由，但他毕竟年纪大了，一个人做饭、洗衣、干杂活还是有些吃力，生活上的照顾也没有以前那么周到。尽管我爸爸和姨父也经常去看他，顺便带点财物给他，也帮他做点事情，可毕竟隔了十多里地，去的次数也有限。老实说，二舅妈人还是挺好的，对我也好，可能外公自己有时候脾气大，所以才产生了一点点小隔阂。

这样的生活大概过了四年，在2013年暑假的一天，外公永远地离开了我们。尽管他也算高寿，但走时还是有些遗憾的，听说他临终前曾要求孙辈们回来与他见最后一面，有几个离家近的表弟依言回去了，但那些离家远而又比较忙的人，却是无论如何也回不去的。后来我听一个表弟说他临终时还念叨着我的母亲，也念叨着我。这也难怪，母亲身体一直不好，而我当时还没考上博士。接到父亲打来的电话，我寄了点钱给父亲，然后赶回去给外公奔丧。我们给外公守灵，一直到送他上山。外公就葬在他老屋后面不远处的一块向阳的山坡上。外公下葬的时候，许多人哭了，我也哭了，并由此想到了一个人的一生。诗人陶潜说："亲戚或余悲，他人亦已歌。死去何所道，托体同山阿。"外公是一个普普通通的农民，在改革开放以前的那些漫长岁月，他经历过许多苦难。老实说，当时能够平安地活下来并把子女们抚养成人，已属相当不易。他的晚年生活应该算是比较舒适的，至少比以前要好，因为他有吃有穿，自由自在，也因为他遇上改革开放的好时代。现在，他走完了自己的一生，静静地躺在曾经生活过的土地上，看护着他的家园，看护着他的子孙后代。而他的子孙们也会来到他的坟前祭拜。也许多年以后，人们只看到一个黄土坟堆却不知道它的主人，更不知道他的一生。即使外公在这个世界上生活过，也没有人会知道他，记得起他。

　　我要真实地记录我曾经经历过的一切、我生活的时代，还有那些无法忘怀的人和事，这其中就有我的外公。哦，外公，您在地下好好地安息吧！现在，您的孙辈们都已经成家立业，您的大女儿身体还算好，您的外孙霞伢子已经考上了清华大学的博士生。

　　哦，外公，下次回家，我再到您的坟前祭拜您！

2016年6月21日上午

本文初发于《北大清华讲座》微信公众号，阅读量约八千

树爹

树爹原名杨树林,湖南省汨罗市白水镇群裕村岚塘垄人,于2016年正月初二过世,享年八十三岁。

树爹曾告诉我,他和他的父辈都不是我们岚塘垄的人,他的老家在离我们岚塘垄以东三四里地的山神庙。他家是佃农,没有田地,只有一间破败的茅草房。树爹是因为耕种地主的田地来我们岚塘垄的。那时候,我们岚塘垄叫岚塘屋场,屋场里住着一个叫陈普光的地主,屋场周围大大小小的上百亩田地都是他家的。树爹说陈普光的田地都是继承了他祖上的,据说他祖上在清朝时曾有人参加过左宗棠的军队并跟随左宗棠收复新疆。平定叛乱后,陈普光的祖上便在新疆做了官,后来告老还乡,在乡里置办了不少田地。树爹说陈普光并不算那种恶霸地主,他只娶过一个老婆,农民没饭吃的时候他曾借过一些谷米给他们。不过,他收的地租也并不比别人低。

树爹八九岁的时候,跟着父亲、哥哥一起来到我们岚塘垄给地主陈普光种田。中华人民共和国成立前生产力低下,生产工具落后,农作物亩产量不高。树爹说他们父子兄弟租种了陈家六十多亩地,每年要把收获的谷子的百分之七八十交给陈家做地租。那时候只种单季稻,没有机械,也没有化肥和农药,全靠人力劳动、手提

肩挑,收成就只能祈盼上苍。车水用的是老式的木制水车,要用脚踩在踏板上才能把水从深沟里车到水田里来。由于没有化肥,当时种庄稼靠捡土杂肥为主,即拾取农村中村头地脚的鸡、狗、牛粪及发酵后的人粪尿肥田。最可怕的是遇到病虫害,那就只能摘取山上有毒的水莽草叶子榨成水汁淋到庄稼上。至于能救活多少庄稼,那只能听天由命了。所以,当时每亩田最多能产三四百斤谷子。用树爹自己的话来说,那时给地主种田能够活命就不错了。不过,陈家还算仁慈,给了一间杂屋让他们住,并把他们当长工看待。

但不幸的是,日本鬼子来了。树爹说当时在我们岚塘垄西边的茶树坡驻扎有国民党军一个团。他们天天在这里操练,练习刺杀、射击、投弹等,准备抵抗日本鬼子对长沙的进攻。那个团是川军部队,军纪并不严,穿得也很差。他们有时公然到老百姓家里拿东西,什么草帽、雨伞、棉絮等物品都拿。日本鬼子到了岳阳的时候,他们就叫当地的老百姓去附近的大山上躲藏起来,也叫了一些老百姓帮他们挖战壕。但他们并未做长久的抵抗,大概跟日本鬼子打了一个晚上,就往长沙方向撤走了。川军撤退后,日本鬼子便占据了地主陈普光家里的宅院并把它作为自己的司令部,还驻扎了一个营的兵力。

"维持会"很快就建立起来了。日本鬼子通过"维持会"把米面等摊派到老百姓头上。日本鬼子来后,很多老百姓都躲到大山里去了,女人们都不敢出门,她们不得不穿着破烂的衣服或者把脸用锅灰涂黑。尽管树爹那时还是个小孩子,但也被日本鬼子拉了夫。四个日本鬼子要他帮他们挑着行李一直走到长沙附近。树爹回来时,又被几个路过的日本鬼子抓去修铁路(当时粤汉铁路被中国军队破坏),干了好几个月,一直到日本鬼子投降才被放回来。不过,当时能活着回来已经算是很幸运了。当时有多少中国人惨遭日本鬼子杀害呀!每当跟我谈起这段经历,树爹总是心有余悸。

中华人民共和国成立后,地主陈普光被打倒了,他的财产都分给了贫下中农。树爹分到了他原来住的那间杂屋，还有一些家具。由于他老家兄弟多，于是他就在我们岚塘屋场住了下来，不回山神庙了。土改后，树爹结婚了，新娘叫杨慈珍，是岚塘垄南四五里地的何家屋场人。中华人民共和国成立后，树爹跟着岚塘垄的裁缝师傅华子大爹学了几年裁缝，能裁制一些日用的衣服。平时，他就在家里为村里人做一些简单的土布衣服。有一次去白水镇上买布料时，他看到一张招工广告，上面写着招收熟练裁缝，而且要考试，要乡里的介绍信。抱着试试看的态度，树爹便去区政府开了一个证明，然后去投考长沙某被服厂。没想到树爹的运气还不错，只读了三四年书的他居然考上了。从此，树爹就离开了农村，成为长沙某解放军被服厂的一名工人。树爹说被服厂设在窑岭，抗战浩劫后的长沙受到很大的破坏，各项设施都很简陋，被服厂也是如此。整个被服厂有十多间平房、一个小食堂，干部职工五六十人。被服厂使用的生产工具是缝纫机，主要为部队缝制夏秋军服、棉军衣等。几年后，单位又办了一个橡胶厂，可以生产黄胶鞋、马靴、民用雨靴等，职工也越来越多了，一下扩充到两千多人。树爹也调到了新建的橡胶厂。树爹进橡胶厂约半年后，发生了一次小事故。他在操纵机器时，不小心把左手的无名指割断了。当时的医疗技术没有现在这么发达，无法将断指接合，于是，树爹就永远地失去了那截手指。由于这是一起工伤事故，厂方给了树爹一定的补偿金并准许他休息半年，今后还可以提前三至五年退休。

树爹去长沙时，他的大儿子出生了，取名叫杨岳辉。后来，杨慈珍又生了一男一女。她没有跟树爹一起去长沙，也可能是调不过去，她就在家里带孩子。树爹出工伤事故后，他就回老家休息了约半年时间。断指愈合后，他又去长沙橡胶厂上班了。好在长沙离我老家不远，坐慢车只要两个小时左右，也可以坐汽车。于是树爹可以经常回来，他大约一个月回来一次。20世纪60年代，正是防修备战的时候，城里乡下都挖了防空洞。树爹说他们橡胶厂的工人也有挖洞任务，他们在窑岭挖过好几条很深的地下通道。树爹说搞集体那些年月，城里人吃饭也是定量的，买东西也

要靠各种发下来的票证，不过比乡下还是略好一些，因为勉强能吃饱，票证也有一些节余。在乡下吃不饱饭的那些年月，他就省吃俭用来接济住在乡下的老婆孩子。

改革开放以后，树爹所在的橡胶厂曾经红火过一段时间，因为他们是军工企业，生产的黄胶鞋、雨鞋远近闻名。厂里给职工发了不少奖金，还分了一套房给他。树爹的处境改善了很多，他便把老婆和大儿子接了过去。后来，大儿子就在长沙上学了。他大儿子中学毕业以后，按照当时厂里的有关规定，顶替了树爹的岗位，成了一名工人。两年后，树爹帮在农村生活的二儿子建了房子，娶了媳妇。三年后，树爹的女儿出嫁了。她就嫁在本镇离岚塘垄约十里地的高冲村。这时，树爹办好了退休手续，回到岚塘垄老家和小儿子一家住在一起。

退休后，树爹闲着无事，就在队里跟别人聊聊天、打打牌。树爹还很爱钓鱼。他经常戴着一顶草帽，提着一竹筒钓鱼用的饵料，拿着一根长钓竿去岚塘水库钓鱼。树爹的钓鱼技术还不错。我小时候跟小伙伴们在水库旁边玩耍的时候，曾看到他在二十多分钟时间里钓上来两条四五斤重的大草鱼。但那时岚塘水库被本队的梅爹承包了，树爹钓上来的鱼是要出钱买的。即便如此，树爹还是乐意去那里钓鱼，因为可以休闲一下，而且鱼的价钱也比市价要低。

时间一晃就到了20世纪90年代中期，社会生活也发生了很多变化。树爹大儿子所在的橡胶厂生产经营开始走下坡路，效益越来越差。两三年后，橡胶厂终于倒闭了。他的大儿子成了下岗工人，一家人不得不另谋生路。树爹的退休工资也减少了，每月大约五百块钱，只能维持家里的基本生活。另外又有一个不幸的消息传来，他女儿在与丈夫吵架后吃水莽草自杀了，留下一对年幼的儿女。树爹受到了打击，他渐渐地不再打牌了，也很少去钓鱼了，大多数时间待在屋前地坪里默默地抽烟。

自从我们家在村道边开了一间杂货店后，树爹就经常来店里买烟并跟我母亲聊天。树爹的头发这时已经变白了，行动也有些吃力，但气色红润，精神也比较好。

他是从旧社会走过来的人，经历过不少苦难，眼前的这些难场事，又怎么能够把他压垮呢？我母亲也开导他，说他拿工资的人比农村人强多了，大儿子在城里面混总比在农村强。至于他女儿的事，我母亲却很少提起，因为她怕伤他的心。树爹来我家店买烟时总是给现钱，很少赊账，因此很受我母亲的欢迎。他每次来买烟，我母亲总是要跟他聊半个小时以上。

这以后大概过了两三年，随着全国退休职工工资的调整，树爹退休工资增加了，每月有一千三百多元。这笔钱对于他和老婆来说，已经够用了。但树爹又有新的打算，他还想存点钱帮小儿子把新房子建起来，因为他的小孙子已经上小学了。又过了两三年，树爹二儿子的新房子终于建起来了，前后花了十多万。树爹说有一半钱是他出的。这时，他在长沙的大儿子开店经商赚了钱，买了一套房子并邀他去长沙住住。他去住了几个月，感觉有些不习惯，还是回来了。他的退休工资又提了一次，每月增至一千八百元。树爹晚年的生活应该是比较惬意的了，他不再经常打牌，也很少去水库钓鱼，平时就喜欢到队上各住户家里串串门、聊聊天。他来我家店里买烟的次数也多了，每次都是笑吟吟的，隔老远就喊我妈："玉姑娘哎，我又来买烟啰！"树爹每次买完烟，付过钱，我妈总要给一支烟让他抽。然后，树爹就坐在我家店里的木椅子上，跟我妈聊上一二十分钟，直到店里又有客人来买东西，他才会离开。

时间一晃又过了五年，我研究生毕业后留在桂林工作，回家的日子少了，也很少见到树爹了。有一次，妈妈在电话里对我说："杨慈珍过世了，终年七十二岁。树爹以后要一个人过了。"在电话的另一端，我有一些伤感。春节前后，我因为要准备一部长篇小说的素材，就在大年三十晚上专程去看望并拜访树爹。他一个人住在一栋老平房里。当时大概晚上十点钟，他本来已经上床睡觉了，见我来了，就立即从床上下来，开门将我迎进屋里去。我们聊了大概有一个多小时。关于中华人民共和国成立前的情况，关于地主陈普光家的情况，关于他招工后去被服厂和橡胶厂

工作的经历，就是在那次谈话中他亲口告诉我的。离开时，我看到他腿脚有些行动不便，就询问他的相关情况。他对我说摔过一次，所以受了点伤。我将这事记在心里。正月初二那天，我去舅舅家拜年时，顺便在镇上帮他买了一瓶红花油。回家后，我把红花油送给他。他硬要给我钱，我怎么也不肯要。那年春节过后，我又回桂林上班了。某年春节的大年三十晚上，我想再次去拜访他的时候，他二儿媳妇告诉我树爹已经睡了。我有些不相信，便去他住的平房的窗户外叫他，但房间里却无人应答，想必他已经睡着了，我也只好作罢。没想到仅仅过了一年他就过世了。

树爹的葬礼办得很隆重。他大儿子一家从长沙赶了回来，二儿子则在自家院子里搭起了灵堂，请来了道士、丧礼管事、吹鼓队等。村里队上的人们则络绎不绝地去他二儿子家里帮忙或吊唁。树爹过世时还存有两万块钱，按照近年来国家提倡遗体火化的相关规定，非农户口的公民还可以获得国家民政部门的三万元补助。这两笔钱加在一起，给树爹办丧事已经够用了。

送树爹上山的时候，我的心情有些沉重。虽然生老病死是人之常态，树爹也算高寿，但总觉得他还是带走了一些什么。他是我们岚塘垄历史的见证人，他知道几十年来发生在这里的故事，他熟悉几十年来生活在这里的人们。他本来还可以告诉我过去发生过的一些事情，但由于种种原因，他仅仅告诉了我其中的一小部分，还有一部分因为他的离世而永远无人知晓了。

树爹只是一个普通人，在历史的长河中，他的经历显得微不足道。但我认为，普通人的经历也可以反映时代的变化、社会的盛衰。树爹一生的经历就是如此。也许多年以后，树爹的故事不会再被人提起，但通过我的文字，就能证明树爹这平凡的一生。

2016年7月5日上午9点45分

本文初发于《北大清华讲座》微信公众号，阅读量过万

站在故乡的老屋前

又有大半年没回故乡了,却时时怀念故乡的老屋。

这栋老屋约建于20世纪80年代初,当时我三四岁,正是什么都不懂的年纪。我记得老屋前面有一小块凹地,凹地上有一块磨刀石。闲着没事的时候,我就一个人拿着一块生了锈的刀片,在那块磨刀石上装模作样地磨起来。那时母亲得了重病,我却全然无知,仍懵懵懂懂地一个人在那里津津有味地玩耍。直到玩累了,或者奶奶走过来收起我的刀片,我才从凹地里上来。凹地旁边还有一小块菜地,菜地下面是一条从岚塘水库流下来的近一米宽的小溪。

老屋那时并不叫老屋,叫新屋。我家还有一栋老屋,当时建在这栋老屋的背后,是一栋相连的四五间土坯房。有一间还有一个小阁楼,是存放粮食、衣物、细软的地方。中华人民共和国成立前后,爷爷奶奶一直住在那里。我的伯父、父亲、姑妈都是在那出生的。后来,我的两个伯伯都出去工作了,姑妈也出嫁到本村,只有父亲因为种种原因而留在了农村。大伯曾对我说我家的新屋曾有过三次规划,但都因为种种原因没有盖起来。一直到20世纪80年代初,国家政策稍为宽松的时候,我们家才有机会盖新屋。我爷爷家当时在村里的情况还算是比较好的,爷爷在生产队任队长,两个在外参加工作的伯父可适当接济一下家里,家里

大门上方还挂着"光荣军属"的匾额。所以,到了20世纪80年代初,大家一合计,就决定把新房子建起来。

新房子就盖在原来的老房子前面。原计划不拆后面的老房子,后来因为地基有限,还是把原来的老房子拆了,并且在它的地基上建了两间倒拖房。建房的资金和材料都是众筹的。父亲说大伯出了一半的钱,二伯则委托一个在县武装部工作的同学运来了要用的木料,砖瓦则是父亲自己烧的。这就是我小时候经常去玩耍的那小块凹地的来历——父亲用来烧砖和取泥的地方。建房的时候,父亲便请了一些队上的熟人来帮忙。当时算帮工,即大家有事时互相帮忙,不算工分,也没有工钱。

父亲说房子当初设计的时候是面向东南,远处就是巍峨起伏的玉池大山。房子的内部结构为大五间,对称型,中间是一间堂屋,堂屋两边是两间正房,正房外边左右各有三间偏房,堂屋和左边正房后面还有两个倒拖间。这栋房子在当时应该算是十分宽敞的了,因为实际在农村居住的只有父亲一家人,两个伯伯回来得很少,爷爷奶奶有时也会去在外地工作的伯伯家住。父亲说我家的新屋当时在村里面是数一数二的,情况也确实如此。当时农村都砌土坯房,红砖房是20世纪90年代后期才时兴起来的。我家新房用的木料都是上等的好木料,又大又圆,又长又坚实。那些没有用完的木料,父亲就把它们收集起来做成一个木制阁楼,用来贮藏粮食等物品。最气派的要算房子的外观。房子堂屋屋顶正中的屋脊上用水泥砌了一个圆形的花环,花环正中是一个雕镂而成的五角星图案。房屋两边偏房屋顶的屋脊上,各有一只威武雄壮的天狗,栩栩如生。房子建成以后,前面的外墙从地面开始约一半高度都被雪白的石灰涂饰一新,十分漂亮。人们都说:"这么好看的大房子,将来要出大人物呢。"搬完家后,乡亲们都来道喜并在房子里这里瞧瞧那里看看,赞叹着房子的宽敞和设计的精巧。母亲的病也有了转机,在父亲的精心照料下,她渐渐地痊愈了。房子建好后,父亲把前面的那小块凹地填平了,后来又用三合土打了一个地坪,用来做晒场,一直延伸到小溪边。

我童年的时光大部分是在这间新房子里度过的。我主要帮父母干农活、放牛、割草、摘菜等。到了上学的年纪,父亲就送我去上学了。傍晚放学回来,我仍然帮父母干家务。吃完饭,我就在右边的那间正房里靠窗的一张红漆书桌上点上煤油灯(约上三年级时才开始有电灯)看书或写作业。到晚上9点多,我就吹灭煤油灯,上床睡觉了。大约在我上三年级时,妹妹出生了。妹妹是在镇上的卫生院出生的,满月以后才回到家里来住。我从此又多了一项任务——带妹妹。

时光渐渐流逝,我上初中时,妹妹开始上小学了。我最初带她在地坪玩耍,后来教她读拼音、认汉字。父母渐渐地也人到中年。新屋逐渐失去了当初那些亮丽的色彩。它的墙角开始有了蜘蛛网,它的地板上落满了灰尘,它的外墙石灰逐渐褪色……有一次刮大风,竟然把偏房屋脊上的石制天狗吹跑了一个,而且再也找不到了。

我读高中、上大学后,回家的日子少了。大概每年寒暑假,我才回来帮父母做点家务或者干点农活。在时光的流逝中,当初的新屋也渐渐地变成了老屋。与村里众多的混凝土推拉窗楼房相比,它的土坯墙显得陈旧、寒酸。它屋脊上的另一只石制天狗也被大风吹坏了,只剩下一个基座。它内墙的某些地方逐渐剥落了。它的屋内经常无人打扫,堆满了杂物,布满了灰尘和蜘蛛网。它的屋顶有时还有点漏雨,因为有些瓦片已经陈旧了。

父亲仍然住在这里,他还种了一些田,要干农活。尽管农业已经部分实现了机械化,插田改成了抛秧,收割也不再用老式的很费人力的扮桶而改用效率很高的收割机,但有些农活仍然是机械不能替代的,如打农药、运谷子、摊晒、风干谷子等。母亲偏瘫后就一直在村道边离家一二里地的南杂店看店,她只有过年的时候才回老屋住上几天。父亲忙完农活,还要回家自己做饭,做好后再给母亲送

去一份。因为忙,他没有空清理老屋的杂物,也没有空打扫卫生。

　　我曾多次劝父亲少干点农活,但他都没有答应。父亲进入老年后还种田的原因我认为主要有两点,一个是他闲不住,二是家里无生活来源。他身体还好,也能够劳动,让他坐在家里,无论如何是办不到的。村里队上和亲戚之间,一年的各种礼金费用,还有父亲母亲的日常生活开支,这两项加起来一年不下万元。我和妹妹并不是不支付他们的养老金,但父亲总是为子女着想。他觉得自己如果能够获得一些收入,就是给子女们减轻了负担。何况父亲想着子女们在城市生活也不轻松,还要买房子,而且房价还一直在上涨。数年来,父亲就一直在艰难地支撑着这个家。他自力更生地应付着这个家日常需要的各项开支,每年还可以存下一两万块钱。为了支持我买房子,他给了我四五万元,并说以后不要我还。这样的父亲是伟大的。

　　父亲的伟大还在于他培育了两个人才。我和妹妹就是在那座老屋里生活、学习和成长的。我们对老屋怀有特殊的感情。我大学毕业后去了一个僻远的乡镇工作,但我并不满足,在工作之余坚持学习,后来终于考上了研究生。研究生毕业后,我在一个地方院校当老师,工作之余我仍然坚持学习,后来终于考上了清华大学的博士。在我的家乡,还算文化比较发达的地区,大学生并不少见,硕士却很少,更遑论名牌大学的博士。在我的家乡,出一个北大本科生都会成为比较大的新闻,而且还要十几二十年才出那么一个。所以,能够考上清华大学的博士,在我的家乡是一项极大的荣誉。经过多年的努力奋斗,我终于摘取了这一桂冠。站在故乡的老屋前,我总会情不自禁地想起毛主席《七律·到韶山》中的名句:"为有牺牲多壮志,敢教日月换新天。"是的,站在故乡的老屋前,我无愧于自己的人生。我为父亲争了光,因为我的祖辈父辈都没有达到这样的人生高度。妹妹也是如此。她毕业于江西航天学院,毕业后去广东中山的一家外企当翻译,每月工资近万元,引得村里人十分羡慕。我和妹妹都是从那间老屋里走出来的。

　　现在，父亲终于不再种地，他可以清闲一些了。故乡的老屋依然破旧。多少次，我和妹妹想再建一座新屋，但由于资金不足等原因而没有建起来。我和妹妹虽然怀念老屋，但我们更希望建一座新屋，可以让父母在那里安享晚年，过上比较舒适的生活。当然，今后如果有条件，他们也可随我们去城市居住，因为他们为我们辛劳了一辈子。由于种种原因，现在这个愿望仍然无法实现，我们带给父母的仍然是荣誉，而不是物质待遇。尽管也有些物质待遇，但是仍然不多。

　　今年寒假里，我站在故乡的老屋前，看着年事渐高的父母，回想着自己走过的生活道路，心情久久不能平静。尽管我无愧于曾经生活过的老屋，但我更希望父母的晚年能过得更舒适一些，我未来的成就能更大一些。

　　我希望这样的一天能早日到来！

2016年7月11日下午5点

永远不能忘记的事情

　　大伯今年八十出头，身体还算硬朗。尽管他退休后住在省城长沙，但每年总要抽空回来几次。每年的清明节，他是必回的，因为他要给父母扫墓。

　　去年清明节，天空阴沉沉的，并没有下雨。这天上午10点左右，大伯大妈穿戴一新，提着两三个鼓鼓囊囊的包裹来到我家老屋的地坪里。当时广西放三月三山歌节的长假，我正好从桂林回来，待在一间正房里休息。我听到大伯在屋前地坪里叫我父亲的名字，便立即开门迎了出去。见是大伯大妈回来了，我忙热情地招呼他们："大伯大妈好！我爸出门去了，他一会儿就回来。"大伯见我回来了很高兴，他关切地问我："你们也放假了？"我点了点头。我又告诉他一个好消息："我要去清华大学读博士了。"他立即竖起大拇指夸奖我，说我是好样的，为家里和地方上争了光。我把大伯大妈让进屋里，拿椅子给他们坐，然后给他们每人泡了一杯茶。几分钟后，父亲回来了。他见大伯大妈回来了，便立即向他们问好。大伯从椅子上站了起来，对父亲说："你回来得正好，霞伢子也回来了。我们一起去挂山（当地土话，即清明或年节后给父母拜坟）吧！"父亲点了点头表示同意。父亲准备了一只打火机，我换上父亲的一双黄军鞋，拿过大伯的一个装着长鞭炮的购物袋。我们一行四人，一齐向爷爷奶奶的墓地出发了。

爷爷和奶奶是分开葬的。两地相隔四五里，在两个不同的山头。爷爷葬在我家老屋的前山，地点在我姑妈家屋前附近的一个山坡上。奶奶则葬在我家老屋的后山。爷爷的过世时间比奶奶早五六年，大约在20世纪80年代初期。

我们先去爷爷的坟地。走过一段村道，我们进入一个长坑。所谓长坑，只是本地人的一种叫法，其实不是一个长长的坑，而是一段狭窄的山路。这条山路的两边是陡峭的高坡，高坡上种着许多四季常青的松树。这条山路宽约一米半，仅容一辆手扶拖拉机通过，长二十多米。附近只有进口处的一户人家，要是一个人晚上经过这个地方，是会感到有些害怕的。如果在战争年代，这条山路是设伏的好地方，完全有"一夫当关，万夫莫开"之势。我和童年的小伙伴陈立新等就曾经在这里玩过多次打仗的游戏。而在这条山路上，也确确实实发生过一件与我爷爷性命相关的大事。

我们刚进入坑口，大伯就指着坑里对我说："霞伢子，这就是你爷爷当年遇到日本鬼子的地方。你爷爷、奶奶当时已经跑到相思洞的大山里躲了四五天了，本来还想再躲几天，但你奶奶不放心家里，怕家里关着的小猪饿死，便叫你爷爷在一个傍晚偷偷地溜回家去。你爷爷刚到岚塘水库的塘基（塘基与长坑相连）附近时，看到有两个穿着黄军装，戴着罩住耳朵的黄军帽，脚蹬皮鞋，手里各拿一支长枪的日本鬼子从长坑里走出来，有一个手里还拿着一只鸡腿在大嚼大咽。你爷爷一下子被吓蒙了，他想逃跑，但又怕日本鬼子开枪。他看到路边有不少灌木和野草，便就势躺倒在草木丛中。也该你爷爷命大，当时天已经快黑了，两个日本鬼子急于赶路，也就没有发现你爷爷。他们拖着大皮鞋一路噔噔噔地向西走了。等那两个日本鬼子走远后，你爷爷才从草木丛中悄悄地爬起来，发疯似的向相思洞大山奔跑。他可是捡回了一条命啊！要不是当时天黑，鬼知道会发生什么事情。只要他被日本鬼子发现，鬼子们对着他的胸口一刀刺下去，他就没命了。日本鬼子是什么事情都干得出来的，杀人、放火、强奸、抢劫无所不为，而

国民党军队却无法有效地抵挡他们。老百姓就像没有妈的孩子,只好各顾各地跑到大山里躲藏起来。你爷爷跑回相思洞大山后找到你奶奶,对她咬牙切齿地骂个不停,说是回家时在长坑碰到两个日本鬼子,要不是天黑和老天爷保佑,差点小命难保,以后无论如何也不回去了。"听大伯讲完爷爷的遭遇,我的心情有些沉重。不过,爷爷大难不死,倒也能使我心里感到些许安慰。

过了长坑,我们又沿着山路七拐八弯地走了近百米,终于来到爷爷的坟地。爷爷的坟地风水很好,坐落在一个高坡上,可以看到很远的地方。这处坟地是爷爷生前自己选的,爷爷过世后,父亲便按爷爷生前的意愿把他葬在这里。父亲专门为爷爷开了一条小路,一直通到坟地,后来还修了石刻墓碑,墓碑上写有爷爷的生卒年和父亲兄妹及孙辈的名字。我从购物袋里将长鞭炮取出来,挂在一棵松树上。父亲飞快地用打火机燃响了鞭炮。鞭炮响完后,大伯大妈、父亲和我依次在爷爷坟前跪下磕头。拜坟仪式完毕后,大伯在爷爷坟上挂了两个红绣球并就爷爷坟墓修葺的事情与父亲交换意见。

给爷爷拜完坟后,我们一行四人步行到我家后山给奶奶拜坟。上山的时候,大伯对我说:"那一年,你奶奶差点被从这座山上路过的一个日本鬼子打死。那一次,你奶奶在相思洞大山里躲了十多天,后来有点想家了,便偷偷地跑下山来。大概也是黄昏的时候,她走到了岚塘垄的一条田埂上——她是小脚,走得慢——有一个日本鬼子正好从你家后山的山顶上经过,便对着你奶奶开了一枪。好在你奶奶也看到了山顶上的那个日本鬼子,她见鬼子端着枪对着自己,估计他要射击了,于是索性往稻田里一滚。浓密的庄稼遮住了你奶奶,鬼子再也看不到她了。几秒钟后,一粒子弹落在你奶奶隐蔽处不远的稻田里,溅起了很高的泥水。那个鬼子打了一枪后看到没人了,以为你奶奶中弹了,便大摇大摆地下山朝另一个方向去了。你奶奶在稻田里卧了好一会儿,见四周没有什么动静了,才慢慢地爬出来,然后趁着暮色又悄悄地上山了。你奶奶也是大难不死哟!那是一个什么年代呀，人民流离失所，朝不保夕的。"我情不自禁地想起前一段时间在桂林图书馆看到的一本叫《人道的颠覆——日军侵湘暴行实录》的书。这本书的作者是湖南大学历史系的一位教授和博导，名叫陈先初。他通过查找档案和访问幸存当事人的方式，在掌握了大量资料的基础上写成了这本书。书中列举的多起日军在湘暴行人证物证俱在，而日军的许多施暴手段叫人不忍卒读。正如书中所概括的，把那段日子称作"最悲惨的年代"，无论如何都不过分。而我的爷爷和奶奶都经历过那个年代。

我边走边思考着爷爷、奶奶经历过的那个"最悲惨的年代"。不一会儿，我们来到奶奶的坟前。跟爷爷的坟墓一样，奶奶的坟墓风水也不错，坐落在一个高坡上，视野相当开阔。它也是奶奶生前择定的。安葬完奶奶后，父亲也为奶奶修了墓碑，墓碑上刻有奶奶及儿孙的名字。我们在奶奶坟前放了鞭炮，举行了拜坟仪式。下山的时候，大伯动情地说："你奶奶一生最辛苦，七八个儿女都是她一个人养大的。"

回到我家老屋前的地坪时，我立即从里屋拿出两把椅子给大伯、大妈坐。大妈坐了，大伯却不肯坐。屋前屋后熟悉的一切又勾起了他的回忆。突然，他把我拉到一边，指着屋前的水泥路和竹林旁边的一段土围墙说："霞伢子，那年日本鬼子来打长沙的时候，他们的军队就从前面的这条路上经过。不过，那时是土路，土路旁边有一堵长长的土围墙，土围墙后有一个暗洞，本来是用来做菜窖的，后来就用作我们躲避鬼子的藏身之处。我当时就躲在那个洞里，吓得连大气都不敢出。我当时十岁左右。有一次是听说日本鬼子到了岳阳，我们便事先躲了起来。躲了一天没有什么动静，傍晚时，我便出来了。胡乱吃了些东西后，我又躲到了里面。晚上听见狗叫就胆战心惊，生怕鬼子兵过来了。唉，那个年代，犹如噩梦一般，真叫人担惊受怕。"我这才知道，经过那个悲惨年代的人，不只有爷爷奶奶那一代，也有我们的父辈中年龄稍长者。大伯很快又接着说："我们一

家能在战乱中幸存下来还算是好的，队上有些人家被日本鬼子破坏得够呛，比如上屋场的罗冬生家。他儿子被日本鬼子抓了夫，在半路上准备逃跑时被鬼子发现，残忍的鬼子便放出一条凶恶的狼狗把他儿子咬死了，后来连尸首都找不到。他媳妇更惨。她躲在一片茂密的竹林里，但还是被日本鬼子搜查到了。有两个日本鬼子捉住她，另外几个日本鬼子则在一旁拍着手掌狂笑。他们很快扒光了他媳妇的衣服，当场轮奸了她。他媳妇觉得无脸见人，就跳到附近的一口水塘里自尽了。唉，这样悲惨的事件在那个年代，还不知道发生过多少。可现在，日本的某些右翼分子，还口口声声否认对中国的侵略，否认南京大屠杀。但是不管他们如何否认，我们这一代人都不会忘记那些悲惨的事件，因为我们是亲历者，是历史的见证人。"

　　我的大伯一生经历过许多苦难。他是农家孩子中的老大，很小的时候就外出谋生，帮扶家里，后来又承担抚养三四个弟妹的责任。在他少年时代，日本侵略者为了攻打古城长沙，在我的家乡四进四出。大伯对此深有感触。现在，他已进入耄耋之年，仍然对少年时代的那段惨痛经历难以忘怀。

　　我想：多年以后，我们的儿孙还知道这些事情吗？我应该用笔把它们记录下来。

照泥鳅

清代诗人张维屏诗云:"造物无言却有情,每于寒尽觉春生。千红万紫安排著,只待新雷第一声。"每年春回大地,天气变暖的日子,正是我的老家湘北农村照泥鳅的好时候。看着窗外万紫千红的春光,听着一阵滚过一阵的春雷,我就会情不自禁地回想起小时候照泥鳅的情景。

所谓照泥鳅只是本地人的说法,外地人可能不太懂。他们可能会本能地反驳:"泥鳅怎么能照呢?泥鳅一照不会跑吗?"或者会带点疑惑地问:"怎么个照法呢?"其实,所谓照泥鳅只是当地的一种土话,一种简略的说法而已,因为仅仅靠照,泥鳅是不会自动地成为你的猎物的。在照的同时,还要用一种特制的针状金属铝排或铁排(它的末端套在一根长竹竿上)扎到泥鳅身上,从而把泥鳅捕获。这才是我的家乡所谓照泥鳅的全部含义。

每年春回大地的时候,3月左右,是我的家乡照泥鳅的最好时间段。这时候,春雨淅淅沥沥地下了起来,春雷声一阵紧似一阵,轻捷的燕子在田野上自由地飞翔,杨柳绿了,各种花儿,如桃花、梨花等都陆续开放了。一年之计在于春,在这样的季节,最辛苦的要算农人们,因为他们要开始准备春耕了。那时,在我的家乡,农业机械还没有现在使用得这么广泛,当时耕地主要靠原始的生产工

具——犁。所以一写到春耕，我的脑海中总会浮现出这样的一幅图画：在蒙蒙细雨中，一个戴着斗笠、穿着蓑衣、扬着牛鞭的农民正手握铁犁，在某一块农田里驱赶着一头负重的老牛缓慢前进，他的旁边是新翻过的黑油油的土地。这个人或许是我的父亲，或许是村里队上的别的叔叔伯伯。等田地犁完、耙完，整平后，再放上水，有的还用新泥做田埂，稻田里就会变成白茫茫、明晃晃的一片。再过两三天，水中的污泥会慢慢沉淀下去，原来有些混浊的黄水会渐渐地变成白色，稻田里的各种生物、水草也会看得更加清晰。到了晚上，就是去照泥鳅的最好时候了。

每年完成春耕，平整好水田后，父亲就会去镇上买来长筒手电、泥鳅扎子等。铝制排针状的泥鳅扎子买回来后，还要找一个两米左右的竹棍把它的末端套起来（它的末端本来就有一个插竹棍的小孔）。这样，照泥鳅的基本工具就齐备了，可谓简单而实用。

刚开始，我自己还不会照泥鳅，是父亲带着我一起去的。在不下雨的日子，吃完晚饭，父亲就带着长筒手电，穿着雨靴，拿着一把泥鳅扎子出发了。我则拿着一只大铁桶跟在他的身后。我还不会照泥鳅，只能跟着打下手。我们借着暮色来到一块水田边，这时，微风轻轻地从南方吹来，田野里的蛙鸣声响成一片，水田里反射出明晃晃的白光。父亲轻手轻脚地行走在田埂上，他左手打开手电筒，右手紧紧握着扎子，密切地注视着水里的动静。突然，手电光在一块水域停了下来，原来父亲发现了猎物。只见父亲屏息敛气，右手握紧扎子，用力地朝泥鳅横卧处向下一扎，只有半秒钟的工夫，他便将扎子提出水面，一条泥鳅便被稳稳地扎在针排上，而且还在针排上胡乱弹跳呢。父亲怕它滑落，便迅速地将针排伸向我拿的铁桶，随后往下一扣，一条活蹦乱跳的泥鳅就落入了我们的铁桶内，成了我们的猎物了。我们继续沿着田埂前进，刚走几步，父亲又扎中一条泥鳅。我提着铁桶快步上前，啪的一声，那条泥鳅又落入铁桶内。那天晚上，我们走了五六条这样的田埂，照到的泥鳅有三四十条，二斤多重。由于这些泥鳅都受了伤，所以不便久留。能够把它们卖到集市上去更好，但大多数时候我们是留着自己吃。这些泥鳅烹饪后的味道别提有多鲜美啦！尤其是汤，香甜爽口，现在想起来，仍觉得香味酽酽，还想再吃一顿呢。

自从跟父亲照了几回泥鳅，我自己也有点跃跃欲试了。一天晚上，天气阴凉，正是照泥鳅的好时机。那天吃过晚饭，我便学着父亲的样子，穿着胶鞋，提着铁桶，拿着手电筒和泥鳅扎子出门照泥鳅去了。十多分钟后，我来到一处新平整过的水田旁边，把铁桶放在田埂上。由于用力过重，铁桶落地时发出咚的一声。我想：糟了，泥鳅可能会听到动静潜入泥土中去了。果然，当我拿起手电筒照了照附近的水域，就发现有两三处冒出几股混浊的泥水。有几条泥鳅已经潜入淤泥中了。好精怪的家伙！我不禁感叹道。看来，照泥鳅不是那么轻而易举的事情。平时，看父亲照泥鳅时是那么顺手、那么熟练，可是自己做起来却觉得颇费劲。是怎么回事呢？我想：可能还是经验不足吧！像刚才，如果能将铁桶小心轻放，也不至于会把那几条泥鳅吓跑。刚才是一个教训。于是，再向前走的时候，我便放慢了脚步，尽量做到轻手轻脚，放铁桶时尽量不出声。又走了五六步远，我用手电筒轻轻地往水中一照。嗬！一条两寸多长的泥鳅正鼓着腮帮在淤泥表面吸水呢。再也不能让它跑掉了！我想。于是，我立即放慢脚步，轻轻地靠近这条泥鳅并看准时机，右手用力将泥鳅扎子扎下去。泥鳅扎子扎下去后，我的手里感觉到有一股重量，我知道我这一次应该扎中了，迅速地将扎杆提出水面。果然，那条二寸多长的泥鳅正在针排上弹跳。我怕它滑落下去，随即飞快地将针排扣入铁桶。啪的一声，泥鳅掉入桶内，标志着今晚我有了第一次收获。我沿着这条田埂前进，十多分钟时间就捕获了十多条泥鳅。那天晚上，我独自一人提着一个铁桶，走了四五条田埂，共照得三十多条泥鳅，还有十多条沙鳅（形似泥鳅，但比泥鳅稍长，背脊上有刺），可以说是满载而归。父亲见了，着实夸奖了我一番。

于是，我后来照泥鳅的兴趣更浓了。只要不下雨，天气比较暖和的夜晚，我都会一个人提着铁桶，拿着手电筒和泥鳅扎子去照泥鳅。照了几次以后，自己的经验也足了。每次接近泥鳅时，都不会再惊动它，下扎子时又快又准，所以每次我总能照上那么三四十条，少的时候也有一二十条。总之，每次我都不会白跑。至少在第二天，全家人都会吃上一顿味道鲜美的皮粉炖泥鳅，还有那可口的泥鳅汤。运气好的时候，还可以拿到集市上去卖，换几个小钱。

时间一晃就过去了二十多年，如今在我的家乡，即使是春耕的时候，也很少有人再去照泥鳅了，因为那是老一辈人的事情。现在，有些田地被抛荒，许多年轻人进入城市打工。由于农药和石灰的广泛使用，泥鳅的数量也减少了。如今的集市上，还有许多人工喂养的泥鳅呢。于是，照泥鳅就成了儿时的一种美好的回忆。但仅仅是回忆我是不满足的，如果今后有机会，我还想去体验一下。

2016年7月16日补写

本文初发于《岳州艺文》微信公众号

挖泥鳅

泥鳅，又被称为鳅鱼，是广泛生活在我国南方的水田或沟渠里的一种小型水生动物。泥鳅最重要的特征是它的体表非常光滑，所以它很容易逃脱。这也许是动物趋利避害的本性吧，像黄鼠狼会放臭屁一样。我们平常的俗话"那家伙滑得像条泥鳅"就与泥鳅这种特性相关。

一说到泥鳅，我总会情不自禁地想起小时候挖泥鳅的情景。泥鳅虽然全身滑溜溜的，一不小心就入了泥，让你再也寻不着它们，但也不是完全没有办法捉住它们。而捉住它们的方式，我们那里最常见的一种就是挖泥鳅。

挖泥鳅是有季节性的。我的家乡湘北一带，属于亚热带季风气候，四季的变化相当明显。春天多雨，夏季炎热湿润，秋季凉爽干燥，冬季寒冷。所以，春冬两季一般是不适合挖泥鳅的。挖泥鳅的最佳季节一般在夏秋之间。这个时候，早稻收进仓里去了，晚稻刚插下去，泥土松软湿润，泥鳅活动频繁，出现的机会多。有些沟渠水量减少，有些水池近乎干涸，因此更容易挖到它们。

挖泥鳅的地段也是有选择性的。在浅塘里，泥鳅虽然有不少，但因为水深、淤泥深等原因，一般是很难挖到它们的。在水田里，虽然也有一些泥鳅，但因为比较分散，要把它们挖出来也很不容易。挖泥鳅比较理想的地段一般是在水田周

边或中间用来做圳的水沟里,或者沟渠的小水洼处,这里的泥鳅一般数量多且容易被挖到。

挖泥鳅的工具其实是很简单的。既然是挖泥鳅,当然用手来挖就行了,不需要带别的工具。但是,什么也不带那肯定不行,否则挖到的泥鳅装在哪里呢?所以,一般还是要带一个铁桶或者用竹篾做成的篓子。

挖泥鳅时,一般是走到某处水田的水沟或渠坝的水洼后,用硬泥块将出口处的两端做成水坝。然后,用铁桶、木瓢或者手将水洼里的水舀到水洼外面去。这种方法有点像"涸泽而渔",即把水弄干了再来捉鱼。等到水洼里水干了以后,人们就可以到水洼里去挖泥鳅了。不过,挖的时候仍然需要注意一些技巧,不能太快,泥块不能挖得太大,否则泥鳅还是容易逃脱。最好的方法是一小块一小块地挖过去,直到挖完为止。每挖到一小块淤泥时,里面如果有泥鳅,它一般会弹出来,在比较干的洼地里也跑不到哪里去,最多就是蹦跶几下,最终还是会被你捉住放入铁桶或篾篓里。按照这样的方法把水洼里的泥快挖完时,你肯定会有一些收获的。记得有一年夏天放牛时,我经过我家附近渠道上的一处小水洼,发现里面有很多泥鳅插混(没入泥中,把水搅浑)。尽管当时那个小水洼的边角处还有一小块牛屎,我还是决定立即去那个小水洼里挖泥鳅。那时候已是"双抢"过后的一段时间,渠道上很少抽水了,有些地段便逐渐干涸了,正是挖泥鳅的好时候。把牛送回家里后,我就急急忙忙地找了一个铁桶,飞快地往那个渠道上的小水洼处跑。到达那个小水洼后,我用铁桶将里面的水舀干,就开始一小块一小块地挖起来。刚挖了三四寸长的泥块,就从里面蹦出来两三条白色肚皮的二三寸长的泥鳅。我连忙把它们一条一条地捧在手里,然后再放入铁桶。接着,我顺着挖完的泥块继续往旁边挖,看到有一条约三寸长的泥鳅正伏在泥壁上一动不动,便小心翼翼把一只手接在泥壁下面,另外一只手轻轻地拨弄了它一下。它受了惊,跌落到我的手掌中,我随即把它捧起来放入铁桶中。后来,我还挖到四五条体型较大的母泥鳅。母泥鳅的肚子里鼓鼓囊囊的全是泥鳅仔呢，那是最好吃的东西啦。那天下午，我在那个小水洼里挖了将近一个小时，一共挖到三四十条活蹦乱跳的泥鳅，足足可以美餐一顿啦！

我小时候爱挖泥鳅，多半还是因为我爱吃油炸泥鳅。油炸泥鳅可是一道极好的乡间菜。把挖到的泥鳅提回家后，要用清水冲上一两遍，直到把水桶里的淤泥清洗干净，让泥鳅在清水里咕咚咕咚地吐水泡。油炸泥鳅用的作料一般是油、盐、豆豉，也可以放点葱花。一般的农村人都会做这道菜，只是烧火的时候，火不要太大就行。因为如果火大了，泥鳅炸枯了不好吃。火烧好后，就可以把那一条条活蹦乱跳的泥鳅放到锅里去了。看着那些小生命停止了蹦跶，心里也有点不是滋味，但一想到那些好吃的香喷喷的油炸泥鳅，就只好不管那么多了。泥鳅放入锅里后，就可以撒下作料，用锅铲反复炒上几遍，直到炒熟为止。油炸泥鳅是一种比较容易下饭的菜，只要有一小碗油炸泥鳅，我就可以吃上两三碗饭。油炸泥鳅的味道香气扑鼻，闻起来很有食欲，现在想来，都有点流口水呢。

自从我离开家乡在城里上学和工作，就再也没有挖过泥鳅了。挖泥鳅只是我少年时参加农业劳动的一个小插曲。可是，它却是如此充满趣味，以至于直到现在还深深地留在我的记忆里。

本文初发于《长江艺文》微信公众号

捉鳝鱼

鳝鱼俗称黄鳝，因身体表面青中有黄而得名。鳝鱼广泛分布于我国各地，尤其以长江流域为多。以前，在我的家乡湘北一带，人们插田时都能抓到鳝鱼。鳝鱼的主要特征与泥鳅相似，它像泥鳅一样能分泌黏液，所以人们一般不容易抓住它。与泥鳅稍微不同的一点是它善于打洞，因此它的藏身之处一般都在洞中。此外，鳝鱼的体型一般比泥鳅要大且长。

说到鳝鱼，我总是情不自禁地想起小时候抓鳝鱼的情景。在我们老家那里，鳝鱼几乎随处可见。池塘里、水渠边、小河旁、水田里处处都有它们的身影。但是，要抓住它们也不是一件十分容易的事。主要原因在于它们会打洞，会藏匿；次要原因在于它们全身光滑，即使被人抓住也很容易逃逸。尽管如此，当地人还是想了一些抓鳝鱼的方法。

我们那里抓鳝鱼的方法主要有两个：一个是用诱饵钓，一个是到洞里捉。在我小时候，每逢夏天，就看到一些头戴草帽，腰缠篾篓，手里拿着一个铁制的长钩子的人在村里的沟渠边、水田旁、池塘附近穿来穿去。那些人就是用诱饵来钓鳝鱼的，篾篓里也装着一些钓来的鳝鱼。他们钓鳝鱼的办法，一般是把铁钩的一端穿上蚯蚓，看到哪个沟渠边或者池塘里有个洞像鳝鱼洞时，就用手掌在洞口附近啪啪地拍三下，然后把长钩子带蚯蚓的一端伸入鳝鱼洞中。为了将鳝鱼引到洞口，有些钓鳝鱼的人还把米酒洒到离洞口不远处的水面上。鳝鱼会不会出来咬铁钩子上的蚯蚓，这个事情谁也说不好，那要看钓鳝人的运气。运气好的时候，钩子放进去两三分钟，就有鳝鱼出来咬了。大概是这条鳝鱼饿得太久的缘故吧！或许是它感觉迟钝，没有发现这个东西只是一个诱饵。一旦鳝鱼咬了钩，钓鳝人就会顺势把它从洞中拖出来。这时候，被拖出来的鳝鱼往往口中带血，但长长的身子和尾巴却紧紧地缠绕在钩子上，生命体征并未消失。鳝鱼上钩后，钓鳝人会把钓到鳝鱼的钩子放到篾篓顶端的入口处，并用钩子敲打篾篓。几分钟过后，鳝鱼就会从钩子上松脱，掉到篾篓中。如果钓鳝人运气不好，钩子放进疑似鳝鱼洞中就会半天不见动静。但钓鳝人一般也不会等得太久。如果半小时过后还没有鳝鱼咬钩，他们就会把钩子收回来，走向下一个目标。那些年月人们钓鳝鱼的主要原因在于鳝鱼价钱高，一斤鳝鱼一般能卖二三十元。那时做工的工价很低，大约每天只有二十元。由于钓鳝鱼比做工划得来，所以很多人都愿意做这个。我老家隔壁有个堂哥在那些年里搞完双抢后就天天到村里村外去钓鳝鱼。

到鳝鱼的藏身洞里去捉它们一般只适合在水田里进行，因为池塘边、小河旁的鳝鱼洞大多比较隐蔽，一般的人不易发现。而且，池塘边、小河旁的鳝鱼洞很容易跟蛇洞搞混。要是探鳝鱼时不小心弄出一条蛇或者被蛇咬伤，那是一件很要命的事情。所以，去那些地方弄鳝鱼一般只能采取钓的方法。而水田里鳝鱼的藏身洞很容易被发现，有时是在田埂上，有时是在水田中，一般都有头尾两个洞。去水田里找鳝鱼洞的时间以插完晚稻后的7月中下旬为宜，因为此时水田里能见度高，水浅，水中有个什么小东西都能看得一清二楚。由于天气炎热，鳝鱼经常出来透气。找到水田里的鳝鱼洞后，可以采取两种方法捉鳝鱼：一种是将它从洞中赶出来，一种是两只手一前一后将鳝鱼在洞中抓获。如果鳝鱼洞在田埂旁，一般采取前一种方法，即用脚使劲地向一个洞口踹，同时眼睛盯着另一个洞口。如果

这个洞里有鳝鱼,在被呛了几口泥水后,它一般会从另一个洞口跑出来。它出洞后在水田里向前滑动时就是捉它最好的时刻。一般只要紧跟在它的身后猛追两三步,看准它,张开右手并叉开中指和食指,然后用中指和食指对准它的身子狠狠地一夹,这条鳝鱼便到手了。抓到它后,就可以把它扔在你随身带着的铁桶或篾篓里。与泥鳅不同的是,鳝鱼弹跳的能力很强。要是铁桶或篾篓的上端没有盖,鳝鱼就很容易反弹出来逃走。所以,捉鳝鱼时,铁桶或篾篓要记得弄个盖盖。要是实在不好弄,至少也要在铁桶或篾篓底部放一堆淤泥用来安抚一下它们。如果鳝鱼洞打在水田中,一般采用后一种方法,即用两只手分别从两个洞口伸入并试探跟进,直到捉住鳝鱼为止。鳝鱼有时候也是比较狡猾的,即使它在洞中,也不容易被人们捉到,主要原因有两个:一个是它会咬人,即咬你伸入洞口中的手指;第二个是它会弃洞向淤泥中逃逸。所以,为了防止它咬人,你最好在你伸入洞中的两个手指上都缠点薄膜或胶带,使它咬不到你。如果它再次从洞里向淤泥中逃逸,那就只好随它去了。

  我小时候抓鳝鱼,最先是看来村子里的那些钓鳝鱼的人是怎么钓的。除了看他们怎么钓,有时候我还会掀开他们的篓子去看看钓了多少鳝鱼。嗬!不看不要紧,一看吓我一大跳。篓子里的鳝鱼至少有十条,而且都是大鳝鱼,重一两斤,长约一尺。看来那些钓鳝鱼的人收获还不小。后来,我在一次插田时,捉过两条鳝鱼,便对怎么抓鳝鱼有了一点经验。那年夏天,插完晚稻后的一天,我便自制了一个铁钩,请姑父帮我制了一个带盖的篾篓,在大太阳底下到水田里去捉鳝鱼。我先在田埂上逡巡,如果发现有鳝鱼洞,我就会在那里停下来,在小心翼翼地查看完它的两个洞口后,我就走下水田用脚踹其中的一个。踹了二三分钟,果然看到一条青黑色的鳝鱼从另一个洞口飞快地溜到水田里。我立即跟上去,叉开五指,对准它的脊背狠命一抓,一下就把它抓住了。有了第一次收获,我心里自然喜滋滋的。于是,我又沿着这条田埂继续找鳝鱼洞。走不了几米远,果然又发现两个鳝鱼洞,而且其中一个洞口的水上还有鳝鱼吐的泡沫呢。我知道这条鳝鱼要下崽了,肯定体型比较大,也可能比较凶猛。于是,我在食指上裹了三四层透明胶带,然后走下水田,用脚踹其中的一个洞口。可奇怪的是几分钟过去了,这条鳝鱼还不见出来,我便用右手食指试探着从踹过的洞口伸进去,手里感觉到摸到一条细长的东西,我猜想那可能是鳝鱼的尾巴。于是,我用左手食指小心翼翼地沿着另一个洞口的洞壁伸下去,试图将鳝鱼堵在洞中。由于田埂上泥土较硬,鳝鱼一般无法从洞中逃出,只需防止被它咬伤即可。由于该洞不长,我的两个手指合在一处后,终于把这条鳝鱼抓到了,大概有一斤多重。在洞壁上,我还发现了几条小鳝鱼。我想:那大概是母鳝鱼产的仔发育而成的吧。后来,在一块刚插完晚稻的水田中,我又发现了几个鳝鱼洞,于是我依样画葫芦地捉到了三四条二三两重的鳝鱼。但是,有的鳝鱼也很狡猾,大概是在捉到第四条鳝鱼时,尽管我双指同时出击摸到了它,但它仍然弃洞逃至淤泥深处去了,甚为可惜!好在这样的情况只发生过两三次,所以损失不大。那天下午,我走了二三十条田埂和十多块水田,捉到三四斤鳝鱼。篾篓底部都装满了,挂在腰上沉甸甸的。回家的路上,我心里十分高兴。我想:今天收获不小,这些鳝鱼除了可以吃一两顿外,还可以卖了换点钱零花呢。

  我小时候之所以喜欢捉鳝鱼,爱吃鳝鱼肉是一个重要原因。鳝鱼肉味道可鲜美啦!现在想起来还有点流口水呢。我们那里烹炒鳝鱼肉的方法有许多种,其中最重要的两种是紫苏炒鳝鱼和皮粉炖鳝鱼。紫苏是一种紫红色的植物,喜生长在路边,在江南随处可见。它能散发一种芳香的气味,正好可以去掉鳝鱼的腥味。紫苏炒鳝鱼时还可以加点切碎的姜末、葱花、豆豉等,这几样东西加在一起,炒出来的鳝鱼香甜可口,至今仍让人回味。皮粉在夏季不容易弄到,除非有陈年皮粉。皮粉炖鳝鱼的程序要复杂一些,做法一般是:先把陈年皮粉用清水泡化,然后放入盛好水的瓦罐中在炉子上煮;接着,再用刀把鳝鱼切成小块,放上盐、生

姜丝、豆豉、葱花等，弄好后也放在瓦罐中一起煮，当然还要放点油。皮粉炖鳝鱼除了鳝鱼肉好吃外，最好喝的是汤。那种汤的味道真是鲜美极了！

　　时间一晃就过去了十多年，长大后离开家乡在城里学习和工作，就很少再接触当年的农事了。只是有时候到市场上买鳝鱼或者做鳝鱼的时候，我才会不由自主地回忆起小时候农闲时在田里捉鳝鱼的情景。尽管十多年过去了，但儿时捉鳝鱼的往事仍然历历在目。

2017年1月15日上午
本文初发于《北大清华讲座》微信公众号，阅读量过四千

家乡的元宵灯节

"去年元夜时,花市灯如昼。月上柳梢头,人约黄昏后。""东风夜放花千树,更吹落,星如雨。宝马雕车香满路。凤箫声动,玉壶光转,一夜鱼龙舞。"古人的诗词曾多次描写元宵的灯火,可见元宵观灯的习俗在我国流传之久远、场面之盛大。但是,在我的老家——湖南汨罗的乡村,元宵观灯之事却是另一番景象。

二十多年前,由于受物质条件的限制,元宵观灯对于我们老家的村民来说是一件十份奢侈的事。但是,元宵夜又不能没有灯火,于是,村民们便想出了一个因地制宜的好办法,那就是元宵夜各队(或村民小组)进行灯火比赛。我们那里的通俗叫法就是赛灯。

赛灯,其实就是我们当地元宵观灯的一种土办法,也是当地群众当时的创举。赛灯用的器具是比较简单的,主要有竹筒、燃过的煤灰或草灰、棉花灯芯、煤油灯等。这些东西取材相当容易,在农村随处可见。在赛灯前的一两天,赛灯的组织者就会组织队员们到队上各家各户收集好燃过的煤灰和草灰、煤油灯。凡是有这些东西的人家就可以不再出钱,没有这些东西的人家一般要出三五块钱给队员们去别的人家或其他地方买。到了元宵那天晚上,赛灯的组织者就会率领几

个队员把这些煤灰或草灰放在村里的一两条比较显眼的道路上,大约每隔一米放一个或一把,然后浇上煤油,用打火机将它们点燃。于是,一堆堆人工做成的野火便嘭嘭嘭地燃烧起来,向上蹿出近一米高,淡红色的火舌像一条蛇一样在风中摇曳。由于煤灰或草灰连成了一条线,所以向上蹿起的火焰也连成了一条线,远远望去就像一条来回摆动的火龙,场面十分壮观。这时,点火的组织者和队员们会在火龙旁拿出爆竹燃放,并且将两手拢到腮帮子上,用尽力气向对面或邻近的队或村民小组大声呼喊:"哦!赛灯啰!快来看哦!你们赛不过我们哦!"如果邻近的队或村民小组中有人不服气,就会依样画葫芦地点起一两串或两三串灯火。这时,灯火的播散范围更大了。往往在两三条主要村道上就可以看到五六条火龙在蔓延,映红了村子的大半个天空,场面更为壮观。

在不同的年份,家乡元宵节赛灯的用具是不同的,总的趋向是在不断改进。拿草灰或煤灰作为赛灯用具,是最原始的方法。过了两三年,我们队上元宵赛灯时就不再用草灰或煤灰了,而是用削好的竹筒。相对于草灰或煤灰而言,削好的竹筒里煤油更加充足,因而也燃烧得更久,使灯火持续的时间更长。只是在使用竹筒时一般要增加几道工序,如采集砍伐好的竹子,把竹子削成竹筒,制作放在竹筒煤油中的棉灯芯等。因此,赛灯的准备工作也要提前进行。至少要提前一周,才能将这些用具准备好。到了用竹筒加煤油灯芯赛灯的那几年,村道上元宵的灯火气势更大了,延续的时间更长了。但由于竹筒自身的可燃性,如果放置竹筒时距离太近,就容易引发火灾。有一年,邻队就发生了一件用竹筒加煤油灯芯赛灯引发火灾,烧掉一大片草滩的事。幸运的是那次没有烧掉房子,也未伤人。但从那次以后,村里人很少用这种方式赛灯了。

又过了四五年,村里兴起了用电灯来赛灯。这大概是社会经济迅速发展的产物吧。用电灯赛灯的方式也是各式各样的。有的住户把各种颜色的彩灯装在家门前的屋檐上,然后在元宵节晚上通上电,彩灯就会亮起来。有的住户把彩灯串成一个长方形，有的住户把彩灯串成一个半圆形，有的住户把彩灯挂到屋前的大树上。有的彩灯会不停地闪烁，像城市里的霓虹灯一样。当队上的多户人家都装上这样的彩灯后，到了元宵节晚上，队里的人们不用再外出赛灯了，也不再害怕赛灯赛出火灾来了。他们只需要坐在自家的房子里，轻轻地按一下开关就行了。到了元宵节晚上，村子里各家各户的彩灯相继亮起来以后，整个村子就变成了一片五光十色的灯的海洋。我想：即使是玉皇大帝的灵霄宝殿，也不过如此吧！这灿若星河的元宵灯火景象，真给人一种人间胜似仙境之感，也从一个侧面反映了人民生活水平的提升和时代的巨大进步。

家乡有一句俗语："大年三十晚上的火，元宵的灯！"这话是不错的。观灯就要在元宵。改革开放以来家乡元宵灯事的变化，就是我们的国家实现经济腾飞的一个缩影！

我爱元宵的灯火，更怀念家乡赛灯的日子。

2017年1月13日下午

家乡的豆子茶

在我的家乡湖南湘阴、汨罗一带,一直以来就流行着一种具有当地特色的饮食习俗——吃豆子茶。

豆子茶的全称应该叫作姜盐豆子芝麻茶。顾名思义,就是茶里面要放芝麻豆子和姜盐。一般来说,在我的家乡,姜盐豆子芝麻是比较全面的作料。具体到各个乡镇和村子,可能作料会不一样。有的只放豆子,有的只放芝麻,有的只放姜盐,有的姜盐豆子花生一起放。虽然花样繁多,但大同小异。总之,家乡的豆子茶都离不开豆子、盐等几样东西。

在我的家乡,豆子茶一般是为客人准备的。用豆子茶来招待的这些客人没有亲疏之分。亲戚朋友之间来了可以用豆子茶来招待,上下屋场的熟人来了也可以用豆子茶来招待。如果家里来了客人,主人就会把客人叫到火炉边聊天,在聊天时,主人会用火炉上的吊壶来烧开水。水烧开后,主人会把它倒入一个放了茶叶的瓦罐里。如果家里没有现成的熟豆子,主人会用一个火钳夹着一个铁盒子,在铁盒子里放入家里收藏的生豆子,然后放到火炉上来来回回地炒并不停地翻动,直到炒熟为止。豆子炒熟后,主人常常要抓几颗放到嘴里去品尝,以检验炒熟程度。如果还不到火候,主人会接着再炒。当然,主人也会顺手抓几粒炒爆的豆子给客人吃。主客之间谈笑着,品尝着。豆子的芳香和主客之间融洽的气氛瞬间充满了装有火炉的小伙房。炒熟豆子后,主人会打开碗柜,拿出平时炒菜用的盐和泡豆子茶用的姜钵来。姜钵是一个圆形的、中间凹下去的器具,一般是陶瓷的,内侧有圆形的螺纹,是专门用来擂姜的。生姜一般都已准备好且洗净,接下来就是把生姜放在姜钵里擂。擂姜虽然算不上是一项多么复杂的活儿,但也需要一定的技巧。当然,这事对于家庭主妇来说简直是小事一桩,因为她们很有经验。她们一般会把生姜在姜钵里来回反复刮五六下。这样,生姜就会变成薄薄的姜丝并散发出生姜特有的气味。生姜擂好后,主人会用调匙把食盐放入盛了开水的瓦罐中。食盐一般放一浅调匙就行了,不宜放得太多。如果食盐放得太多,豆子茶吃起来就会有些咸,这是不相宜的。泡豆子茶的最后一道工序,就是把瓦罐里的茶水少量倒到姜钵中,把生姜泡化,再把豆子和芝麻放入瓦罐中,然后把姜钵里的开水回倒在瓦罐中并反复摇匀。家乡的豆子茶到这时就基本泡好了,余下的就是用茶碗将豆子茶筛给来访的各位客人了。

在我看来,豆子茶的意义还在于吃茶的过程。我们那里的土话一般把喝茶叫作吃茶。家乡人平时见面,除了问"你吃饭了没有",还会问"你到何得(哪里)去吃茶啰?"根据有关医药书籍上的说法,豆子茶的几种作料中,姜含有蛋白质和多种微量元素,具有祛寒、暖胃、加速血液循环等多种保健功能;芝麻含有大量的脂肪、丰富的维生素,具有补血明目、祛风润肠、生津通乳等功能;黄豆则可以用来补脑、健胃、预防心血管疾病;茶叶中含酚,可以除色斑、抗衰老、预防流行性感冒等。家乡人喝豆子茶时,一上口感觉到的就是姜的辣味、豆子的甜味、芝麻的香味、盐的咸味、茶叶的涩味。如果是用家乡泉水烧的开水泡的茶,那甘甜可口的泉水味道一入口就能尝出来。客人一般边喝豆子茶,边跟主人拉家常。有些客人带着要事来访,比如孩子上学还差学费啦,家里盖房子差帮手啦,出去搞副业没门路啦等,也就在喝茶的过程中顺便把它们解决了。如果客

人来访时并没有什么要事，主客之间一般就谈谈田里的收成或者牌桌上的手气等。平时喜欢喝豆子茶的客人，可能三五分钟就把一碗茶喝完了。喝完茶后，客人会把茶碗交给主人，然后坐在火炉旁边慢慢地咀嚼还存留在口中的豆子。这时候，如果客人还想喝，主人会把瓦罐端过来，重新给他泡上一杯。于是，主客之间又边喝豆子茶边继续聊下去。生姜具有发汗作用，茶水则具有解渴作用。所以，家乡的豆子茶具有祛风去寒、清热解暑、健胃开脾、怡神益气等功效。客人在喝了两三碗之后，一般都有大汗淋漓之感。等到客人不再要求主人添茶了，聊天也就基本上结束了。

家乡豆子茶作料的来源，有自家种的，也有买的。茶树一般在自家地里就有。每年春天的3月左右，家乡人会把茶树上长出的嫩枝摘下来，然后带回家放在一个笸箩上在自家的地坪里晒，等晒干后就把它装入塑料袋中，到泡茶时再拿出来。我小时候几乎每年都去自家地里摘茶叶，所以对这道工序十分熟悉。豆子大部分是自种的，家乡用来泡茶的豆子的种类很多，有黄豆、黑豆、青豆、蚕豆、小豌豆等。我最爱吃的是黑豆，因为黑豆颗粒大，吃在嘴里感觉很甜。家乡的豆秧一般都种在田埂上，大约一尺远一株。豆子大概春季播种，等到长成小豆秧后就可以移栽到田埂上去了。我小时候多次跟父亲在自家的田埂上栽豆子。栽豆子时还有点讲究，就是坑不能挖得太深，在坑里面要放点田泥和土杂肥。豆秧栽好后，一般只在打农药时顺便给它们喷点药就行了，后期管理十分简单。大约到了夏天，家乡人就会把成熟的豆子收割回来放在禾场上打晒，晒干后再装入瓦罐或袋子中，到泡茶时再使用。至于生姜和芝麻，大部分人家是在集市上买的，自家种的农户少。

家乡喝豆子茶的习俗起源于何时，各家说法不一。有苏轼煮盐茶说，有岳飞推广姜茶说，也有左宗棠推广黑茶说等，其中岳飞推广姜茶说是在当地民间流传得最广的一种：大约南宋初年，洞庭湖地区爆发了以钟相、杨幺为首的农民、渔民大起义。宋高宗在当地官吏助剿无功的情况下只好从北方的抗金前线调来了岳飞率领的岳家军，但岳家军驻军湘阴后，多数将士不服南方水土，全身虚肿乏力。当地长者见状，便携带茶叶、姜、盐、豆子等进营，教以调制之法。岳飞服后，顿觉心舒气爽，满口生津，即令大锅煮茶，全军共喝。岳家军恢复战斗力后，终于平定了杨幺之乱。此后，这一食俗就在湘阴附近流传下来，直到今天。这种传说虽然并不十分可靠，但至少说明了豆子茶可能在宋朝的时候就已经开始调制了，而姜盐驱寒健胃的功能也在这一传说中得到了较好的体现。

家乡的豆子茶，我小时候喝得最多，因而觉得平淡无奇，更何况在我们老家那里几乎家家都喝这种茶。可是，长大后离开了故乡，在城市里学习和工作，却很少再能喝到这种具有乡土特色的茶了。然而，童年时形成的口味和习惯又常常使我想喝这种茶。于是，我只好去超市里买来茶叶（尽管不是家乡的），包装好的熟豆子（也不是家乡产的，但有时也带点盐味），自己泡豆子茶喝。至于生姜，因为要即时制作，既无原料也不方便，也就只好放弃了。买来的作料自然比家乡的作料差多了，而且缺这缺那，味道也不纯，倒是省了不少制作的工夫。那就不妨当作替代品吧！不过，即使是这种豆子茶，喝下去也觉得十分有味，而且有时还会情不自禁地想起小时候在家里喝家乡的豆子茶的情景。看样子自己是本性难改了。

我现在才觉得家乡的豆子茶不仅与家乡的食俗联系在一起，而且和与生俱来的乡土感情也有很密切的关系。写到这里，我不禁又开始想念家乡，想念家乡的豆子茶。

2017年1月11日上午

本文初发于《北大清华讲座》微信公众号，阅读量过四千

家乡的老戏

不知不觉又到了年关,看着街上迎新年的热闹气氛,我又情不自禁地想起了小时候过春节在家乡看老戏的情景。

老戏只是我们那里的通俗叫法,它的学名叫花鼓戏。这是一个古老的剧种,随着历史的发展,它也不断得到改造,加进了一些新的东西,但主要表演方式仍然是旧式的。所以,叫它老戏,是当地人一种很形象的称呼。湖南的花鼓戏在全国久享盛名,它的经典剧目如《刘海砍樵》《打铜锣》《八百里洞庭》《雪梅教子》等都曾在省外演出并产生过较大的反响。据有关资料记载,湖南的花鼓戏起源于民歌,最初的演员只有一旦一丑。清嘉庆二十三年(1818年)刊行的《浏阳县志》记载:"又以童子装丑旦剧唱,金鼓喧闹,自初旬起至是夜止。"这说明湖南的花鼓戏在那时已初具雏形。晚清剧作家杨恩寿在他的《坦园日记》中曾记载他在湖南永兴看花鼓词的情况。当时的角色中有书生、书童、柳莺、柳莺婢等人,且情节和表演都较为生动。这说明此时湖南花鼓戏的演出形式已初具规模。家乡花鼓戏的剧种隶属于岳阳花鼓戏,岳阳花鼓戏也是在晚清形成的。同治十二年(1873年)的《巴陵县志》记载:"乡民搬演小戏,终岁不休……"这种演出形式一直持续到20世纪八九十年代。

家乡的老戏，其实并不是由本地人扮演和演唱的，人们一般会花钱请本县剧团的戏班子或邻县的专业戏班子来演唱。这些戏班子一般由几人或十几人组成，他们中大多数人同属一个家族或互为亲戚。他们中有许多人是继承了上辈的产业。一般在春节前后，他们就会收拾行当应邀出来唱戏。他们往往在这个村里唱完后又去那个村里，业务十分繁忙。他们的营业是商业性的，一般是每唱一出戏要多少钱。除了唱戏费，邀请他们唱戏的村子或人家，一般还要负责管饭和安排住宿等。那时还没有流行包红包，如果村子或主人较为富裕，也会另外给他们分点烟或糖果。这些戏班子的唱戏行当十分齐全，戏里的角色如老生、小生、花旦、花脸、丑角等，均有相应的人扮演。他们会带来符合演出要求的全套服装和各种化妆品，各种器具如马尾、大刀等，各种伴奏乐器如大筒（二胡）、锣鼓等，至于桌子、椅子等主家认为他们可提供的用具则一般由主家提供。主家一般还要为他们搭一个戏台并准备一间化装室，至于剧目，有的是由主家点的，有的则由他们自己提供。

在我的家乡，在正式唱老戏之前，一般还有一个叫作"伙戏"的环节。所谓"伙戏"就是由当地一两个有一定声望或有组织能力的人出面，到村里队上选择几个合适的人家，为唱老戏凑份子钱。按照我老家当地村里的习惯，一般由上一年或第二年年初有婚嫁的人家出份子钱。一般而言，家里有人娶亲的家庭要出得多一些，家里有人出嫁的家庭会出得少一些。具体的数目没有强制性的规定，一般经济状况较好的家庭可以多出一些，经济状况较差的家庭可以少出一些。当然，如果没有婚嫁的家庭又喜欢看老戏，愿意多出这个份子钱，那是很受"伙戏"人欢迎的。我记得我的姑父就做过多年这样的"伙戏"人。他们龚家湾的人既喜欢"伙戏"，也喜欢看戏，戏台也往往搭在他们那里。

队上正式唱戏的时间一般都定在正月初二以后，因为当地人初一要到队上各家去拜年，初二要去丈母娘家拜年，只有到了初三后才有时间去看戏。龚家湾

的戏台一般搭在一个两三米高的土坡上,土坡下面有一块较大的地坪,用来容纳足够多的观众。戏台一般由四根木柱做支柱,旁边再绑上三五根木柱做支撑,顶上则用厚实的帆布盖起来。有时还要拉上电线,装上电灯,以供晚上唱戏时使用。

开场唱戏那天,简直成了村里最盛大的节日。那天上午,队上的男男女女、老老少少都会早早地起来。他们吃完早饭,忙完家里的事后,就会两三个约在一起,拿着自家的椅子、凳子到戏台下的地坪里去占座位。住在本队的人占有地利,戏台前排的位子一般都被他们占据了。坐在前排的又以中老年人居多,因为他们最爱看老戏。那些较迟得到唱戏消息的邻队的人,因为来得比较晚,加上又不方便带椅子等,就到地坪旁边捡来一两块砖头,坐到地坪后面看。他们中有些调皮一点的年轻人,还会爬到地坪旁边的几棵大树上,坐在大树的枝杈上看。随着看戏人群到来的是各种小摊小贩,他们有的卖瓜子,有的卖花生,有的卖甘蔗,有的卖各种小玩具……

一般在戏台上燃响了一挂长鞭炮以后,老戏就正式开场了。这时,地坪里人山人海,万头攒动,喧嚣不已。人群中有看戏的,有聊天的,有吃东西的,有叫喊的……

我那时十岁左右,读四年级,由隔壁的大姐带着去看戏。其实,我那时对于看老戏,根本就没有明确的概念。我甚至很不理解现代人为什么要唱老戏,为什么要学古代人穿着古代的服装咿咿呀呀地说着一些现代人听不懂的话,而且还要拉长声音唱。这算一种什么艺术呢?至少它不符合年轻人的口味。虽然如此,我还是喜欢去看老戏,因为只有在看老戏时才可以买到我爱吃的甘蔗,才可以听到我喜欢听的二胡的旋律。所以,我小时候所谓的看老戏,其实是欧阳修在《醉翁亭记》中所说的:"醉翁之意不在酒,在乎山水之间也。"

每当我跟着大姐来到戏场上,大姐就会坐在凳子上聚精会神地看戏,而我总是急不可耐地拔开双腿去买甘蔗。在甘蔗摊前，我掏出平时积攒的零花钱或者亲戚给的压岁钱，买上一两节或者一整根黑色的广东甘蔗，然后，就站在摊子前津津有味地嚼了起来。广东的黑甘蔗可甜啦，比家里的白糖甜多了，就是冠生园的蜂蜜也不能跟它相比呢。现在想来，还有点砸吧砸吧地流口水呢。就在这时，戏台上"当"地响起了一声锣鼓，一个类似包公的黑脸大汉从左侧幕后走到台前。他一上台就唱："开言来我把——奴才骂啦……"台上的二胡也跟着他的旋律拉了起来，台下的观众都安静下来了，一双双眼睛焦急地盯着台上，等待戏剧情节的发展。一向对老戏不在意的我头一次入了戏，我想：这应该是看戏观众乐于受教的表现吧。由于对二胡旋律的着迷，吃完甘蔗后，我又专门跑到戏台旁边观看拉二胡的人是怎么拉的。我一边观看一边模仿他的动作，口里还不时地哼着二胡悠扬的旋律。

　　大姐当时对看老戏很是着迷。她常常在地坪里一坐就是两三个小时，直到老戏散场她才回来。晚上在家里，烤煤火时闲着无事，她会边织毛衣边哼哼唧唧地唱起白天在戏台上学到的戏文来。我记得她最喜欢唱的是这么一段："小湘灵哎嗨，坐书房哦，心沉思想哎。思想起哎到花园哦，观花散啰心哎……咚的咚的咚的的……的咚的咚咚……"我不禁暗暗佩服她的记忆力。现在想来，也许是女主人公小湘灵的这种心境与恋爱中的大姐的心境有相似之处吧！

　　大姐不仅会唱小湘灵的这段戏文，她还会唱《刘海砍樵》中的好几段戏文。比如："刘海哥哎，你是我的夫啰嗨！胡大姐，你是我的妻啰嗨！……走啰嗨，行啰嗨……""小刘海哎在茅棚哦别了娘亲哦嗨，肩扛担往山林去走一程咻。家不幸老爹爹哎早年丧命，丢下我母子哦苦度光阴嗨。叹老母眼失明哎无人侍奉，心只想讨房亲哎撑持门庭。怎奈我家贫穷哎无衣无食，谁愿意来与我哦定下婚姻！……"

　　老实说，在戏场上我根本无心看戏，所以，也记不得几句戏文。

　　20世纪80年代，在我的家乡，老戏在正月里十分流行。即使到了20世纪90年代，老戏也流行过好几年。直到后来，家乡的老戏才渐渐地衰落下去。取而代之的是各种卡拉OK和家庭录放机，那是年轻人流行的时尚。

　　如今，像童年时过节一样看老戏的日子不再有了。岁月无情，原先喜爱看老戏的中老年一辈正在慢慢老去，我也渐渐地不再年轻。然而，家乡的老戏与我的童年是如此紧密相连，以至于直到现在它还深深地留在我的记忆里。

　　哦！再见了，我的童年。再见了，家乡的老戏。

本文初发于清华大学人文学院《人文研究生》微信公众号，得稿费一百元

耍龙

在我的老家湖南汨罗的乡村，每年春节都要举行一项最重要的民俗娱乐活动，那就是耍龙。慢慢地又到了过春节的日子，我不禁又回想起往年过春节时耍龙的情景。

耍龙是我们当地比较通俗的一种叫法，有的地方叫玩龙，书面语叫舞龙。我想：叫法虽然有所不同，玩的方式也因地而异，内容应该大致差不多。

在我们老家那里，如果要耍龙，首先要制作好耍龙用的器具。耍龙用的器具一般有龙头、龙身、龙尾、龙耙、大鼓、鼓槌、大锣、钹等。龙头一般是用木头雕成的，做成龙的头部模型，两边各有一颗眼珠，下颚向前突出两三寸，露出狰狞的形状，口里则有一小长溜半圆形的尖利的大牙齿。龙头做好后，一般要上漆。除了龙眼涂成黑色，龙牙涂成白色，其余部分一般都涂成大红色，以显示龙的威武和过春节的吉利。龙身一般由一段长约十米的大红色绸缎做成，绸缎上绣满鱼鳞似的图案，用以模仿真龙。龙尾一般无须特别制作，只把龙身后部稍稍变小并向上翘起，做成龙尾巴的形状即可。龙身和龙尾一般绑在九根龙耙上，龙耙的一端有一个用竹篾做成的呈纺锤形的笼子，笼子里装有铁制响器。每当龙耙往上举的时候，笼子里的响器就会咣咣作响。龙耙的另一端是一根长约一米的圆形

木柄，供人们玩龙时使用。一个舞龙队一般要有一条龙、一面大鼓、一面大锣、两副钹、十多个队员。一般而言，一个生产队（过去农村的生产经营单位）应该拥有一个舞龙队的全套器具，但置办这些器具不是一件很容易的事，尤其是在物资匮乏的年代。所以，大多数情况下是两个生产队的社员合用一条龙，我们队上就是如此。包产到户以后，农民们逐渐富裕起来了，也有财力置办耍龙器具了。现在，基本上能做到一个队置办一套舞龙队的器具。

置办好耍龙器具后，还要对舞龙队员们进行训练，让他们掌握基本的舞龙方法。舞龙队员一般由队上的中年人或青壮年人担任，因为中年人有经验，而青壮年则有朝气。担任舞龙队队长的人一般是有耍龙经验的人，比如我们队上的伏三爹就是。在我们那里，舞龙训练要求队员们掌握的耍龙方法就是"三七对耙"，因为只有这种耍法比较难掌握，其他耍法相对来说都比较容易。所谓"三七对耙"，即在耍龙时每个队员各自抱着龙耙有木柄的一端两两对换，其中第三耙要求对第七耙，第一耙要求对第五耙，然后队员们围在一起顺时针或逆时针方向打圈，一般转过几圈之后，队员们把各自原有的龙耙拿到自己的手中，龙身再次成为一条直线。"三七对耙"的难点在于，如果一些初学者没有将各自抓取的龙耙两两相对，或者对错了别人的耙，龙身就会缠结在一起难以解开。如果稍有不慎打成了死结，那就没法继续耍龙了。所以，对于所有的队员们来说，耍好"三七对耙"是耍好龙的第一步。

既然耍龙的器具和熟练的队员都有了，接下来就是在特定的日子去队上或村里的各家各户耍龙了。这事看起来比较简单，但做起来却比较复杂。首先，何时出门耍龙是有讲究的。用我们那里的土话来说，就是"耍龙要看日子"。按照我们那里的习俗，正月初五不能出去耍龙，因为那天是满五钟，要迎财神。正月初一至正月初四也很少有舞龙队出去耍龙，我们那里出去耍龙的日子一般是大年三十。如果大年三十耍过一次，那么在正月十五的元宵节还要再耍一次，叫作收尾龙。就是说，我们那里的习惯是，耍龙就要耍两次，不能有头无尾。其次，耍龙的路线也有一定的讲究。我们那里的习惯是耍龙时要从地势低的人家向地势高的人家耍，美其名曰"上水龙"，暗含循着水流向上发达之意。如果舞龙队从地势高的人家向地势低的人家耍，那会被认为是在耍"下水龙"，是不吉利的，也会被住户拒之门外。再次，遇到什么样的人家耍什么龙也有一些讲究。例如这户人家有人结婚，舞龙队在他家地坪里耍龙时一般就要弄一个小孩子骑在龙头上，做成一个"麒麟送子"的造型，含祝愿他家早生贵子之意。如果这户人家是新盖了房子，舞龙队在他家耍龙时一般就要弄个树桩或一截圆木棍放在龙头上，材财谐音，含祝愿他家新年发财之意。只有知道了这些讲究，出去耍龙时才不会遇到不必要的麻烦。

在我看来，舞龙队去村里队上各家各户耍龙的日子是村里面最热闹的日子，也使过年的气氛更加浓郁。这些舞龙队一出发，就会咚咚咚地敲起鼓，当当当地敲起锣来。一个舞龙队除了十个左右的队员，还有一个扛着龙头的队长、两个抬大鼓的人（其中位于后面的一个同时还要打鼓）、一个打锣的、一个使钹的、一个收烟或红包的后勤总管。跟着舞龙队的还有一大群看热闹的人，其中以小孩子为多。舞龙队到达一户人家以后，一般要举着龙身，围着堂屋绕一个圈，然后出来到地坪里耍"架子"（前面讲的"三七对耙"），耍完"架子"，即龙耙解开后，就可以去下一家继续耍。屋主人一般在舞龙队走进他家房子之前就要放鞭子或炮仗相迎，在舞龙队离开时放爆竹相送并把香烟或红包等礼品交给舞龙队的后勤总管，以表示感谢。舞龙队就按照这样的方式一家一家地耍下去，一直到他们耍完一个队或一个村为止。

我由于一直在外读书和工作，所以跟队上的舞龙队接触不多，只知道一些大概的情形。偶尔参加过舞龙队的一两次活动，也只是站在旁边敲敲边鼓，无法成为主要角色，因而到现在还不会耍龙。但我仍然爱看村里队上每年春节必

有的耍龙活动,因为它给我们带来了热闹和喜庆,给我们带来了新年家国腾飞的梦想。

2017年1月11日晚

本文初发于《北大清华讲座》微信公众号,阅读量约一千

送恭喜

哦，时间过得真快！转眼又到了快过年的日子。我老家过年的习俗很多，其中最重要的就是大年三十送恭喜。所以，一想到过年，我总是情不自禁地回忆起小时候送恭喜的情景。

我们那里有一句俗话："大人盼插田，小孩望过年。"对于小孩子来说，过年就意味着有新衣服穿，有压岁钱收，有恭喜送，有亲戚家走等。这可是他们平时极为盼望的啊，他们当然喜欢啦！对于小时候的我而言，这些喜事中，对我吸引力最大的一项是送恭喜，因为那样的机会一年只有一次。

每年大年三十的晚上，吃过年夜饭后，家乡送恭喜的活动就正式开始了。孩子们是送恭喜的主角，他们有的两个人，有的三五个人一起，提着灯笼，拿着塑料袋或布袋，开始到队上的各家各户去送恭喜。他们走到一家住户时，一般都要大声喊"恭喜哦！恭喜你们家过热闹年哦！"或者"恭喜伯伯、叔叔、爹爹家过热闹年哦！"这时，无论主人在干什么，都会迅速停下手中的活计答道："恭喜贺喜，饼子垛起！来分饼子啰！"如果这家主人准备给孩子们分饼干，他就会从屋里拿出一袋饼干来。如果是大饼干，他会给孩子们每人分一个；如果是小饼干，他会给孩子们每人分两个或四个。他分饼干时，还会不

时地盯着孩子们的脸瞧瞧,看看是哪户人家的孩子。如果哪个孩子他不熟悉,他会问他父亲的名字。如果哪个孩子他根本就不认识,他会皱一下眉头,然后说:"这个伢子不是我哩一块儿的银(人)啊!"但他还是会分饼干给那个孩子。孩子们接过饼干后,就把它们放进随身携带着的袋子里,然后一齐欢天喜地地去另外一户人家送恭喜了。孩子们的目标当然是很小的,他们要求得到的只是饼干、糖果、橘子等。每一户人家也分得不多,但是如果把本队和邻队送恭喜的糖果加在一起,那也是不少呢,起码半袋以上,够吃三十天啦!而主人家这边,则必须要有一两个人待在家里,来给这些上门送恭喜的孩子们分发饼干或糖果。由于孩子们的到来是一拨一拨的,且时间不固定,所以主家必须随时恭候。

　　除了孩子们送恭喜,大人们同样也上门来送恭喜,只不过人们招待他们的方式与孩子们有些不同。大人们来送恭喜的用语与孩子们相似,如"恭喜哦,恭喜您家过热闹年哦!"等。大人们来送恭喜时,主人家一般不分饼干和糖果,而是先给他们拿烟拿酒,招呼他们落座。如果客人们不坐,主人就会发给他们每人一根烟。如果客人落座,主人就会让他们坐在火炉旁烤火,然后给客人泡茶,拿出一个摆满了花生、瓜子、梅子、硬糖、苣皮等吃食的圆形塑料钵子放在客人面前说:"拈点吃吧!"如果钵子里有客人中意的食品,客人就会顺手拿过来吃,还边吃边跟主人聊家常,互相询问对方的孩子去哪里读书了或打工了,何时回来过年的,有几天假,或者队上今年过年会搞些什么活动,村里谁家年初会办喜事等。在聊了三五分钟或十多分钟,吃了一些瓜子、花生等东西后,客人一般就会向主人告辞。主人当然还要劝他多坐一会儿,客人却说:"多谢了哦!我还有几户人家冒(没)去送恭喜的哦!"客人的意思是必须要走了,要去那几家未去送恭喜的人家去送个恭喜或座谈一会儿,因为按照我们当地的习俗,凡是本队的人家,大年三十晚上都必须要去送个恭喜。否则，就会被认为是不懂礼数。

我小时候送恭喜，开始是跟着父亲去的。父亲帮我提灯笼，我则到各家各户去送恭喜，然后用准备好的袋子装分到的饼干、糖果等。灯笼一般是在镇上买的，外面用纸糊着，里面点着一根红蜡烛，顶部还有一根用来提灯笼的细长棍子。现在，这种老式的灯笼早就废弃不用了。碰到下雨或下雪的天气，送恭喜时还要打伞，穿长筒雨靴，在田埂或乡间的泥路上行走时还要极为小心，因为怕摔倒。后来，读四五年级的时候，我就自己跟小伙伴们一起去送恭喜了。我的小伙伴主要有同队的俊哥、岚塘屋场的陈立新等。在大年三十以前，我们就准备好送恭喜需要的塑料袋、帆布袋或者书包。雨伞、长筒雨靴、手电筒等晚上在外面行走必须准备的物品亦需配齐。有一年，我们还在一起商量过行走路线。由于陈立新的外婆家在离岚塘垄三四里的栗山村，他每年都去他外婆家送恭喜，而且他外婆家那里的习俗是下午就可以去送恭喜的，他便提议说下午就开始行动，先从他外婆家附近送起，再送到邻队，最后再送自己队上，那样可以得到更多的饼干和糖果。我们几个都同意了，而且约定要保密，因为我们那里的习俗是送恭喜一般只送本队，不能走得太远，更不能去不认识的人家。也许是我们那时都不懂事，也许是糖果的诱惑力太大，我们还是决定送一两次远一点的。

记得那年大年三十的下午，尽管天阴沉沉的，还飘起了小雪粒，但我们几个小伙伴还是异常兴奋，一起相约到了陈立新家。那天下午，在喧闹的鞭炮声中，我们就开始出去送恭喜了。行走了约半个小时，我们才到达栗山村。陈立新先带我们去他外婆家送恭喜。他外婆非常欢喜，除了分给他饼干，还给他抓了一大把高级糖粒子。尽管他外婆不认识我们，但因为是外孙带来的同伴，也给我们每人分了一个大饼干。送完陈立新外婆家，我们又去他外婆家的队上送。这个队有好几个住户在外面收铁赚了钱，所以给小孩分发的礼品很丰盛。

他们除了给我们每人发四颗高级牛奶糖,还分给我们每人一个大橘子。看着自己袋子里的糖果越来越多,我甭提多高兴了!大约到了傍晚时分,我们才回到本队,去给本队的住户送恭喜。送完回来,已是晚上9点多了。家里的年夜饭早就吃完了,幸亏父亲给我留了点饭菜,我就随便吃了一点。吃完休息了一会儿,我就在火炉边向妹妹炫耀我的"战利品"。那可是足足的两大塑料袋糖果和饼干啊!真可谓收获满满!我吃了几颗自己爱吃的高级牛奶糖,分了一些妹妹爱吃的东西给她,把剩下的都放入楼上的一个大木箱里,留待日后慢慢享用。那一次送恭喜得到的糖果,我竟吃了一个多月呢。那一次送恭喜可能是记忆中去得最远的一次,后来,由于家里的责骂和年龄的增长等原因,就再也没去过那么远的地方了。

　　家乡过年时送恭喜的习俗起于何时,地方志上未见记载,像《荆楚岁时记》这样专门写民俗的书也未曾提起。大伯曾对我说,这个习俗中华人民共和国成立前就有了,只是那时给孩子们分的糖果很少,用来照明的工具比我们那种早期用过的纸糊的灯笼更简陋。我想:这个习俗至少应该在民国就有了,如果要追溯得更远,晚清及近代也要包括在内。是不是还会更早呢?也有这种可能,因为中国人过年的习俗从远古到现在已经延续了四千多年,这是有相关的历史记载的。除了家乡之外,别的地方是不是也有这样的习俗呢?我后来问过一个山东的同学,他说他们那里没有这样的习俗,这也许是地方差异吧。而在湖南,这样的习俗是比较普遍的,至少在长沙附近是如此。我倒是觉得这样的习俗好处很多。首先,它加强了村里队上各家各户的沟通与交流。过年当然要大家一起过,如果是一家人关起门来过年,那不是少了很多乐趣吗?其次,它给孩子们带来了实惠。再次,它给孩子们带来了欢乐,增添了过年的气氛。像我这种在这样的习俗中长大的人,总是把过年跟送恭喜联系在一起,它在我童年的经历中留下了一段最美好的回忆。

现在，随着国家经济的发展，人们的物质生活越来越富足。家乡送恭喜的习俗仍然在继续，但增添了一些新的东西。比如分给孩子们的吃食的种类和数量越来越多了，有些家境稍富裕的人家还给孩子们分发小额红包等。这也从一个侧面反映了时代的风貌。

啊！让我快快回家过年吧！过年时又可以去队上送恭喜了。

2017年1月12日上午

本文初发于《北大清华讲座》微信公众号，阅读量过四千

跋

姜明安

我的小老乡——清华大学中文系在读博士华野同志拟近期出版他的散文集《岁月留痕》。在付梓之前,他把书稿发给我,想听听我对书稿的意见。我是研究法律的,文学功底薄弱,对于他的大作自然没有评头品足的资格和胆量。我只能以一个普通读者的身份来发表一下我的一些个人意见,不足之处还请大家多多包涵。

在花了五六天时间读完这本二十多万字的散文集以后,我自己被深深地打动了。说心里话,我是很喜欢这个小老乡的作品的。这个集子中的每一篇文章不仅文字优美,而且还有很深的意境,不光引人入胜,而且会在头脑中久久地萦绕不去。这本散文集共分为三编:第一编《岁月留痕》,华野同志在该编里讲述了他人生经历中的许多励志故事,使我极为感动并深受启发;第二编《史迹咏怀》,华野同志在该编里给我们介绍了许多名人故居、史事旧址和英烈们的事迹,使我生发出对革命前辈的无限敬仰之情;第三编《家乡风物》,华野同志在该编里给我们描绘了他的家乡湖南省汨罗市白水镇的秀丽风光和风土人情,特别是《照泥鳅》《挖泥鳅》《捉鳝鱼》《家乡的豆子茶》《家乡的老戏》《耍龙》《送恭喜》极具乡土风味和民俗色彩。读这些美丽的、让人心旷神怡的文字，我仿佛又回到了我的童年和少年时代。（我与华野同志是同乡，五十年前，在十八岁参军以前，我都是在湖南省汨罗市白水镇高冲村的乡下度过的，所以感到特别亲切。）

严文井说："每一篇能够存活下来的散文都是与历史直接相关联的，是历史的小小侧面或折光，是地球上东西南北的气流所引起的特异的微风。这些微风都是情感的波动，人的呼吸。"在我看来，华野同志在散文中把个人之情、时代之情和民族之情有机地结合起来，用生命、热血和真诚来写作，因而他的这些散文一定能够存活下去。

散文家梁衡将散文的作用归纳为六个方面：给人以刺激，给人以休闲，给人以信息，给人以知识，给人以思想，给人以美感。一般来说，一篇散文只要达到了其中一个方面就没有白写；如果达到了几个方面，含金量就相对升高；倘若上述六个方面都到达了，就可以列为精品。在我看来，华野的散文达到的方面要比以上这六个还多，因此将它称为散文中的精品是当之无愧的。华野散文感情的饱满、内容的充实、态度的真诚、善于营造意境的手法等是当下一些作家所缺乏的。华野散文的家国情怀跳出了个人狭小的圈子，达到了一种阔大的境界。他的散文既有英雄气又有儿女情，体现了豪放美与婉约美的统一。

总之，新晋作家华野的散文代表着我们社会的正能量，能引导我们积极向上，在思想艺术上取得了一定的成就。我特别喜欢华野同志的这些散文，因为它们深深地打动了我，触动了我心灵中的柔软之处。因此，我愿意向广大读者推荐这本书，希望各位读者能与我分享这些感受。

我与华野同志相识只有几个月，仅仅打过几次电话，至今未见一面，但我读了他这本散文集以后，逐渐了解了他，知道了他生活的不易，知道了他创作的艰

辛,知道了他是一个朴实、勤奋的人……我的小老乡华野同志目前还年轻,还有更大的发展潜力。在未来的创作道路上,我期待着他写出更多更好的无愧于时代和读者的优秀作品!

2017年8月21日于北京西城

姜明安,男,湖南汨罗人,曾任北京大学法学院教授,博士生导师,现已退休

后记

这是我的第一部散文集。俗话说："万事开头难。"第一次将这样一本带着自己体温的散文集公开出版,我的心情有忐忑,有担忧,然而更多的是期待、奋进与勉励。

正如厚夫老师在序文中所言:"因而从某种意义上来讲,这本散文集就是他奋斗人生的真实投影。"选入集子的五十余篇散文,是我从大学到现在点滴积累的结晶。它们中的某些篇章曾在报纸杂志上发表过,或者在网络上的某个粉丝众多的微信公众号上刊发过,如"北大清华讲座"公众号等。今天,我只不过是把它们搜集起来,重新分一下类罢了。从内容上看,这部散文集分为岁月留痕、史迹咏怀、家乡风物三个部分。

在这本散文集里,读者可以看到我近二十年人生经历的某些片段、我的追求和梦想,我的苦乐和悲欢。与一些有才气的作家不同的是,我是一个生性愚笨的人,多数时候,我不是用技巧写作,而是用生命、热血和真诚写作。尽管时下很多人也许对这种写作情怀不以为意,但我仍然要一如既往地坚持下去。

在这十多年中,由于种种原因,我曾在某个时期中断过文学创作。现在,我重新拿起笔来从事创作,主要是因为我学的专业是中文,我走过的道路坎坷不

平，还有生活中那些令人感动、令人难以忘记的人和事。我要像著名作家路遥说的那样，"做一个时代的记录者"（可能不是原话，大意如此，因为他有一部小说集名为《当代纪事》）。同时，我也想把自己的人生奋斗经历以文字的形式固定下来，作为精神财富留给后人。

我要向读者说明的是，这部散文集只是目前我约两百万字的作品中较小的一个部分。如果今后还有机会，我将陆续出版已写成的作品并继续创作。但愿这本书能成为我今后文学创作道路上的第一块坚实的基石！

由于学识的局限和写作手法不够纯熟，少数文章采用的是大学旧作等原因，书中的浅显和不足之处在所难免，恳请有关读者和专家批评指正。

路遥在茅盾文学奖获奖致辞《生活的大树万古长青》一文中曾说："对于作家来说，他们的劳动成果不仅要接受当代眼光的评估，还要经受历史眼光的审视。"这当然是一个比较高的标准，适用于经典作品和优秀作品。现在，拿着自己的第一部作品，我就像看着自己刚刚出生的孩子，忧虑它未来的命运。这部散文集能否经受住检验，就让时间去证明吧！

在本书的出版过程中，我得到了许多长辈、师友的关怀和帮助。我的同乡、美术家陈海安老师为本书题写了书名，陕西省作家协会副主席、延安大学文学院院长厚夫教授欣然作序，曾任北京大学法学院教授、博士生导师的姜明安教授为本书作跋并给予一定的出版资助，在此一并致以最诚挚的感谢！

踏着过去的印迹，我将依旧奋然前行！

华野（卢晓霞）

2019年8月1日再改于清华园